一想到和你共度余生，我就满心欢喜

乔诗伟 程沙柳 马叛 等著

山西出版传媒集团
北岳文艺出版社
BEIYUE LITERATURE & ART PUBLISHING HOUSE
·太原·

图书在版编目（CIP）数据

一想到和你共度余生，我就满心欢喜 / 乔诗伟等著 .—太原：北岳文艺出版社，2019.3

ISBN 978-7-5378-5807-6

Ⅰ.①一… Ⅱ.①乔… Ⅲ.①故事—作品集—中国—当代 Ⅳ.①I247.81

中国版本图书馆CIP数据核字（2019）第001318号

书名：一想到和你共度余生，我就满心欢喜

著者：乔诗伟 程沙柳 马叛 等

策划：刘玉浦

责任编辑：赵雪

书籍设计：李彦生

责任印制：巩璠

出版发行：山西出版传媒集团·北岳文艺出版社

地址：山西省太原市并州南路57号　邮编：030012

电话：0351-5628696（发行部）0351-5628688（总编室）

传真：0351-5628680

网址：http://www.bywy.com　E-mail:bywycbs@163.com

经销商：新华书店

印刷装订：北京市玖仁伟业印刷有限公司

开本：880mm×1230mm　1/32

字数：170千字　印张：8

版次：2019年3月第1版　印次：2019年3月北京第1次印刷

书号：ISBN 978-7-5378-5807-6

定价：42.00元

目 录

老情书

今天上街的时候，我遇见了一个老同学——王集。

喊了他两声，见他没有转身，我就悄悄走过去拍他的肩膀："嘿，二货，好久不见……"

对方破口大骂："你才二货，你个大二货！"

显然，王集已经认不出来现在"心宽体胖"的我了，我讪讪地摸了摸鼻子，将那句还没有说出口的"你还好吗"给咽了回去。

也许嬉笑怒骂的年代早已经远去，剩下的只是戒心和远离吧！

做一个记忆里远去的人就是这样，遇见一个曾经熟悉的人，要么不认识，要么假装不认识。

我当然不会随随便便上街，就能遇到一个多年不见的老同学。

这源于我四年前的一个决定，那时候我还不是一个戴着眼镜的胖子，我是一个戴着眼镜的瘦子，弯下腰手能碰见脚尖的那种。

我和朋友窑子一起开了咖啡书屋，收入还算不错，加上平日里我经常动笔投稿也能拿到一些稿费，于是，刚解决完生活温饱问题的我，有了闲心和力气到处乱走。

当天晚上，我回了一趟老家，整理书柜的时候，在一个布满灰尘的盒子底下找到了一本以前的同学录。上面写满了各种毕业祝福，还有每个同学的联系方式和住址。

不知道当初是什么原因，这本同学录被我放在了盒子的最底下。

估计是当时的我觉得大部分同学的字都写得比我好看，所以心怀不平。

也许是我忘记得太久，脑海里很多名字都对不上脸庞了。

纠结半天，翻了半天，我还是找到了当年的毕业照片。

照片已经失去了当年的光泽，覆膜里也进了空气，虽然如此，不影响我看清每个同学的模样。

后排右边第四个是我，留着被学校严抓的另类长发，旁边是王集，表情一脸严肃。

然后，第一排里有一个女孩，是全班男生的梦中情人。

我凝神很久，决定去看看他们，去看看他们还记不记得我，去看看他们过得好不好。

为此，我花了四年时间。

我去了一个又一个城市，全班五十六个人，有十个人不在原址，有二十个结婚生子，还有八个已经完全没有了音讯……

后来，每当知道一个同学再也联系不上，我就会将同学录撕去一张，杳无音信就该这样，最好只言片语都不要留下，免得以后不小心看见徒增伤感。

王集和那个女孩，是我最后去探望的对象，他们生活在不同的城市。

不过他们不在一个地方也好，那么就算失望，不好的感觉也不会叠加。

时间追溯到毕业那天的午后，阳光温暖，很多人脸上都带着泪痕，他们紧紧拥抱，说着珍重，在信纸上写上祝福。

我坐在教室的最后一排，静静地观察着周遭的惜别景象。

见同学们开始交换照片，我也凑了过去。

我说："这是我的照片，留个纪念！"伸出的手太久，终于有人拿了，但我看见我的照片又从别人手中掉落，再也没被捡起。

望着那张被踩了好几脚的照片，我终究没有提醒对方将它捡起来。

这时候，王集回来了。"二货"这个外号是他自己给自己取的，因为他喜欢班里的一个女生，为她做了很多幼稚的事。他说自己是一个二货，但他乐意，因为喜欢一个人，总要为她做些傻乎乎的事情。

身处同学的离别氛围里，我不免有些失落。在这里我过得并不开心，王集是我唯一的朋友。我平常很孤僻，连学校操场也不曾去过几次，更多的时间是趴在教室自己的座位上看着外面的风景。

我记得晚自习的时候，窗外一大片楼都不会开灯，特别安静，有这么多房子却不热闹，这应该算是一件很孤单的事情。

王集问我："你说我们十年后会是什么样？"

我说："还能是什么样，满地的骷髅乱滚。"

王集说："去你的，这么伤感，你应应景好不好？"

我说：“我又不会触景伤情，这里没有什么值得我留恋。”

王集急切地问道：“你说我去跟她表白怎么样？”

我说：“表白？你说话跳跃性别这么大好不好——我都不愿意接你的话，和你聊天，你的下句话总会提到她。”

她叫郑晓燕，是我们班男生的梦中情人，语文课代表，不过我不喜欢她，因为像我这种野生的文艺青年，对这种官方的物种代表最是不感冒。

不过她和我、王集的关系非常好。我为数不多的几次出行都是跟他们一起。

所以，每回王集都很苦逼地看着我：“求求你了，电灯泡，你去别处发光发热吧，给我一个和她独处的机会。”

每当这个时候，她就会一把拉住我：“这个时候最需要你这样的热心群众为我保驾护航，王集趁你不在跟我告白怎么办？他脸皮薄，有人在才不敢造次。”

我就只能斜眼看着王集，说：“人家把我当救苦救难的菩萨，你个妖孽就不要下手了。”

于是，我们俩拉着一脸苦逼的王集继续虚度人生。

毕竟，只有时间被浪费了以后，人们才会觉得它宝贵。

我想等我们明白，像这样的日子再也不会有的那一天，我们才会问问自己时间都去哪儿了。

高二时，我们三人在晚自习时会溜出去逛，出校门往左几百米有一座大桥，我们总是喜欢站在桥边上，看着汽车经过。

郑晓燕喜欢看着灯光映照的湖面。

王集喜欢一脸痴呆地看着郑晓燕。

我比较喜欢那一排排延伸出去的路灯，这样，在没有星星的晚上，我还能知道远处有东西亮着。

晚风拂面，我问王集："这夜深人静的时候，你不做些什么吗？"

郑晓燕摇摇头，说："他太胆小，能做什么？"

王集在旁边憋红了脸，一把抓住栏杆探出半个身子，吓得我以为他要跳湖明志，没想到他却一声高过一声地大喊："郑晓燕，我喜欢你，我喜欢你，我喜欢你……"

那个年代，司机都比较淳朴，听见这狼嚎一样的声音，桥下经过的汽车纷纷鸣笛示意，场面颇为壮观。

我拍拍他的肩膀，说："这种关键时刻能够不掉链子，你也算有出息了。"

郑晓燕背对着我们，也不知道她是不是在脸红。

后来回去的时候，我才知道，郑晓燕是在沉默，她新交了一个男朋友。

王集满怀希冀写好的情书被他重新放在了宿舍的枕下。

我们在一起玩闹的时间变少了，准确来说应该是，郑晓燕和她男朋友在一起的时间变多了。

在很长一段时间里，王集变得和我一样，不敢再去操场，也不敢再去大桥，这个学校就那么点大，他真怕一不小心遇见他们卿卿我我，那样的刺激对王集来说太大。

这天，我们都没有去晚自习，他找我倾诉这段感情，眼泪鼻涕横流，一脸狼狈。

我说："以后肯定会遇见更好的。"

王集说："这是我第一次喜欢上一个人。"

我说："谁没有第一次呢？第一次就是用来难过的。"

王集沉默了一下，然后语无伦次地说："可……可我就是喜欢她。"

我说："她已经有男朋友了。"

王集像个孩子一样大哭："我还是喜欢她！"

我无言以对。

王集继续嚎："我就是喜欢她！"

我没再说话，王集不断重复着这几句话，看来大脑已经混乱到沟通不了了。

这件事过后，王集仿佛又变回以前那个他。

时间过得不快，我们也在日复一日地复习，终于高考结束，一切尘埃落定，我们要毕业了。

王集一回来就问我，他要不要去跟郑晓燕表白。

我也不知道怎么回答，但还是对他说别留遗憾吧，反正都毕业了。

也许是被我鼓舞的缘故，王集拿出了一张很旧的信纸。

那是他一年前写下的，他和我说，他要在所有人面前念给她听。

王集站在台上示意大家安静，说喜欢语文课代表已经很久了，在今天这个离别的日子里，想给她念一首诗。

未及开口，郑晓燕被她男朋友叫了出去。

没多久，她就哭着回来了，如果没猜错，这是碰上了毕业就分手的戏码。

王集不知道还要不要念下去的时候，郑晓燕已经收拾好东西离开了教室。

王集突然像个泄了气的皮球一样，垂头丧气地走了，那张信纸也被他扔在地上，我叫了好几声他都没有听见。

陆陆续续的，所有人都离开了，只剩下我一个人。

满地的狼藉，没有卫生委员再安排打扫，没有班主任再威胁我们扣分，也没有了一脸懒散的我们再来教室早读。

他们都走了。我捡起王集写的情书，纸张有很多褶皱，像我的心情一样。

随后，我离开学校，将那本同学录和王集的情书一起放在了家里书架的最底下。

当我再次将它们翻出来时，竟有种岁月无常的感慨，我不再是当年的模样，不再是那个孤僻的少年。

我决定去看看他们。我去了王集的城市，在一条街上遇见了他，他牵着一个我不认识的女人，应该是他的妻子。

我偷偷走过去拍他的肩膀，“嘿，二货，好久不见……”

没想到他破口大骂：“你才二货，你个大二货。”

我讪讪地摸了摸鼻子，离开了。

最后，我去了郑晓燕的城市，却没有找到她，她已经不在那座城市，我从她家邻居口中得知，在很久以前他们一家就搬走了。

我静静地站在郑晓燕以前的房子外面，突然想做一件事。我掏出王集写给她的已经老旧得不成样子的情书，大声地念了起来：“我梦见一个黄昏，我走路蹒跚，你满脸皱纹。旁边的老藤椅，有我抱你的余温。我梦见一个黄昏，有你大声的笑，有我这个陪伴的人。满头的白发，是我们走过的人生。你喜欢吗？你喜欢吗？你喜欢的话就陪我一起走下去吧！”

这时，对面的窗户猛地被打开，一个大妈探出脑袋骂了一句：“神经病！”

我摊开双手，默默看着这封老情书在风里翻飞，被时间带走。

（作者／乔诗伟）

还好，我们最后都懂得了爱

1

这真是一个让人难以靠近却没法舍弃的地方。高楼栉比，直入云霄，在美国可以直接拿来拍星球大战。这地方的空气中似乎常年飘着一种叫作“奋斗与希望”的东西，让每天在这里辛勤打拼的男男女女都无怨无悔地向着未来奔忙。这地方还有一个人们耳熟能详的名字——陆家嘴。

晴天小姐是一个在这片人海里并不起眼的姑娘，晚安先生在这高富帅云集的金融城也并不出类拔萃。有些人在这车水马龙、红尘万丈里及时行乐，有些人在这灯红酒绿、觥筹交错里直上青云，可是也有人在平行运转的时空里有了猝不及防的交集，从此便收获了称职的牵挂。

“晚安，好梦。”

这就是晚安先生这个名字的由来。

无论他们相见还是不见，那些爱意满满的晚安总会在晴天小姐的手机里如期而至。那感觉，就如万家灯火的时候，你踩着十厘米的高跟鞋，捧着厚厚的一沓资料，还不小心崴了脚，孤单一人从客户那开会回来，却永远有一盏暖暖的灯为你而点。

晴天小姐那个被人熟知的“正牌男友”却永远在QQ上挂着灰色的头像，与她失散了两年。

2

晴天小姐永远记得她与晚安先生的第一次见面。

那晚下了飞机，晴天小姐在机场托运处拿了行李箱便匆匆往家赶。没想到回家一打开才发现自己竟拿错了箱子，里面居然整齐地陈列着男士的东西。这么少见的行李箱款式都会有重复？还偏偏发生在自己身上？她瞬间有种找个地洞钻进去的想法。她把箱子翻了个底朝天后终于找到了一叠名片，发现对方也在陆家嘴的公司上班。于是她通过名片上的电话找到了在机场等待的晚安先生，此时，他正拿着另一个同样颜色款式的行李箱不知如何是好。

那是陆家嘴一个久违的晴天，天空碧蓝得像要滴出水来。她看到他的时候，他站在风里，眼神明亮，笑容笃定。

同时，他也看到了她。简单，朴素，不施脂粉，有股莫名的气质，就像头顶上湛蓝的晴天，与这里性感、骄傲的女孩都不太一样。

他们互相寒暄，交换行李箱，重复着对不起、不好意思、我太糊涂。同时，又都莫名其妙地红着脸。

莫名的还有晚安先生瞬间明媚起来的心情，不知道是因为好天气，还是因为他眼前的这位晴天小姐。

晴天小姐，嗯，这名字真好。

3

都说姑娘们在爱情里的飞蛾扑火，不过是因为在人群里多看了谁一眼。晚安先生从那天后便生出无处搁放的牵挂，何尝不是因为多看了晴天小姐一眼。

当追大片和晒旅游一样成了金融城白领们最好的业余消遣时，电影院门口，晴天小姐和晚安先生第二次相遇。

真是无巧不成书！那天电影院放映《滚蛋吧！肿瘤君》。晚安先生中途出去，回来的时候，在放映厅门口与晴天小姐撞了个满怀。他俩露出惊讶的表情同时说出“是你”的时候，却又不由自主地伴随着扑哧的两声笑。一声清脆悦耳，一声夹杂着怦怦的心跳。

电影的后半场，晚安先生自然是有几分的注意力不知去向。散场后，没等到晴天小姐的他不禁有些失落。打开朋友圈，他看见晴天小姐更新了状态：“世事无常，爱和被爱，是这个世界上最重要的事。”电影里最动情的对白由另一个人写了出来，直觉告诉他，她是一个有故事的女孩。

他毫不犹豫地点了赞。想表达三观一致、心有好感又有满腔话语不知如何去诉说的时候，点赞便是最好的诠释。

一见钟情，二见倾心。那些热爱生活又情感细腻的人，总会在心里默默存放着爱的里程碑与仪式感。在后来的回忆里，这次浅尝辄止的际会，被晚安先生视作正式爱上晴天小姐的契机。爱这种东西，一开始就如梦里的星河，如梦如幻，目眩神迷，让身处其中的人找不到方向。

他还是没忍住啊，偷偷发了一个“晚安”过去。

4

第三次见面，是在滨江宝莱纳餐厅的同事聚会上。人头攒动，晚安先生和晴天小姐同时看到了对方。晚安先生拼命压抑内心的激动，缩回了夸张挥动的手臂，给晴天小姐发了一条短信："等散了之后我们坐下来聊会儿天吧！"

滨江是陆家嘴最没有野心的一个地方，充满着良夜的温柔与缱绻的情谊。那些白天厮杀拼搏、翻手为云覆手为雨的男人，都会在这里自然地流露出疲惫的面容与柔和的嘴角，无论他们对面是不是坐着一个妙龄女郎。

晚安先生显然有些局促，他对面坐着的晴天小姐，是妙龄女子，更是这段日子他无尽的思念。不知是酒精作祟，还是晚安先生无害的脸庞，晴天小姐想起了她的"正牌男友"，当他们举起酒杯互碰的时候，她的眼眶里瞬间盈满了泪水。

即便这些日子永无止境地收集着她每个不为人知的表情，他也没有足够的想象力去拼凑出这样一个故事。晴天小姐那位"正牌男友"，不过是她两年前便失去联系的前任。在外人的眼里，那只是个活在玻璃罩子里的男人，英俊多金，风流倜傥。对于晴天小姐而言，他却是那个从玻璃罩子里跳出来后便面目全非的控制狂，从裙子的厚薄、就餐的姿势到从事的职业、回家的时间，都是他管辖的范围。直到两年多前他几乎是以命令的口吻让晴天小姐辞掉工作陪他出国读书，她认真考虑了一个星期后，默默地发过去一条信息："我还是留在国内吧。"从那以后便没了他的音讯。

不是全世界通用的分手模式，却比那更残酷。

"和他在一起，我好像已经不是自己了。那些让我自始至终都不能下定决心离开他的理由，都是我如今挺鄙视的东西，可笑的安全感、对感情的愚忠、对白首不相离的固执。”

晚安先生脸上的表情与摇曳的灯光一样忽明忽暗，最后以一个凝重的蹙眉结尾。

他太心疼她了。她把世间所有的相遇都误以为是缘分，在一个不值得的人身上无端消耗了数年最美好的时光。他不发一言，却又像是装了满腹的话，最后只剩唏嘘。

人真是一种物以类聚的动物，除去场合的客套和利益的牵扯，人总是会不自觉地被与自己相近的人吸引。“共鸣”这个词科学的解释是，两个频率相同的音叉靠近，其中一个振动发声时，另一个也会发声。这和你在面对朋友圈两百条更新的时候，下意识地只给两个人点赞是一个道理。

男人通常是不善于倾诉的，在晴天小姐面前，晚安先生却仿佛找寻到了可以与他“共鸣”的频率。倾盖如故原来是这样的感觉。他苦笑着，缓缓倾诉着自己的故事，那故事仿佛遥远而模糊的梦呓，却没想到他掏出了自己的一整个青春岁月。

晚安先生那个避无可避的前任，是他曾用尽整个青春去付出对待过的女子，高中三年，大学四年，工作后三年。在这桩在劫难逃的恋情里，他为她剥虾，洗脚，体贴伺候，他为她努力工作，想让她过上好日子，他小心卑微地爱着，可最终换来的却是对方屡屡说分手。

爱情百年不变的定律就是：你越是纵容，对方越是不珍惜；你越是折腰，对方越是颐指气使。感情终究是苦心经营不来的。爱得太不平等、太不体面带来的辜负，像是到了时间就会准时响起的闹钟，像是负重太不均衡便会倾斜的天平，年复一年，终于得逞。

“当她从一个男人的玛莎拉蒂上下来的时候，我的心已经死了。”他像是吸了一口数年前的空气，连声音都带着沧桑。

晴天小姐因眼前的这个男人怔住了。这个笑容温暖明亮的男人，内心同样千疮百孔，且显而易见，他比自己更惨。

“世界很粗糙，岁月也不温柔，我们曾是两个淋透了雨的人，都没有伞，慌慌张张躲进了同一个屋檐，碰巧发现彼此有相同的目的地，于是有勇气并肩一起，散步，淋雨。那一路多开心，因为舍不得再见，所以宁愿人间的风雨别停，天别晴。”七堇年的文字，正是此刻四目相接最好的旁白。

晚安先生同样希望这一刻可以停滞，就这么傻傻看着对面这个纯净的女子。晴天小姐这道风景，离远了是好看，离近了却是震撼。窗外黄浦江上呼呼的夜风、风花雪月的靡靡之音、江边叫嚣的卖花女子，此刻都成了无声的电影。

一见钟情，二见倾心，三见就是定终身吗？

5

互诉衷肠让这段以滑稽戏开头的感情突飞猛进。

无论他们相见或不见，晚安总会如期而至。不过晚安先生也不是千篇一律地只说晚安，有时候他也会花心思变换一下句式。

“呀，很晚了，早点上床睡觉！”“什么时候睡了告诉我。”“好梦。”

再后来，晚安先生的“晚安”开始拓展到每天的“早安”，阴雨天的“别忘了带伞”，变天时的“多穿点，今天冷”和每天傍晚五点准时的“今晚想去哪吃饭？我过来接你”！

他并不是一个导演的角色，每次吃饭都会询问晴天小姐的决定，最后没法子了才自己定夺。

他是一个体贴周到的男人，每道菜上来的时候，都会用公筷夹出最好的部分放在晴天小姐的碗里。是鱼便先去掉刺，是肉便先剔掉骨。

他也是个博学多才的男子，喜欢她所有喜欢的东西，却又有自己独特的理由。

这段日子的晴天小姐有了久违的放松感，踩着十厘米的高跟鞋走在流光溢彩的大街上都格外神清气爽。一方面，她觉得感情真是一件“前人栽树，后人乘凉”的大好事，没有那个前任的折腾，晚安先生也不会把伺候人的本事锻炼得这么炉火纯青。另一方面，她也觉得爱情真是一件太不公平的事，同样是男人，碰到个贤良淑德的，所有的错误都可以被理解；同样是女人，碰到个宽容豁达的就可以一辈子不需要成熟。

“晚安，小妞。”

“晚安，晚安先生。”

习惯，实在世界上最令人生畏的东西。晚安先生，连带他的柔情似水和调笑无忌，真的就这样猝不及防地铿锵入了晴天小姐的梦。

6

入梦的人当然少不了晚安先生。只是那个突然闯进他生命的女孩，让他的日子幽香如斯的女孩，有一天突然在微信上告诉他，她要离开一段时间，与过去做一些了断，迎接新的开始。随后她发来一张街拍，背景是香港。末了，她又加了一句，这段日子别发晚安了。

他只是隐约从朋友那听说，她前男友从美国学成回来去了香港工作。男人在心里的某个暗角终究觉得前任还是自己的，何况还是男神，从来不会放弃天真的自恋和愚蠢的自信男神。何况对象是晴天小姐，如此温柔善良且善于被他摆布的晴天小姐。

什么是和过去做了断？我是那个过去吗？她神龙见首不见尾的前男友是她新的开始吗？他不敢发消息给她，生怕自己的猜测被证实之后没法自救。越怕失去的，就越不敢触碰。深不见底的黑暗将他穿透，脑海唯独被她的影子占据，心里却荒凉地长不出一棵草来。

她走后，晚安先生的晚安也注定没了落脚的地方。他在平时该说晚安的时候盯着窗外一轮硕大的圆月，任凭心里的星光一点点黯淡下去。

他早上起来，惯性地拿起手机想给晴天小姐发“早安”的时候，手机里却躺着一条前女友洋洋洒洒的短信，大意是：我和玛莎拉蒂结束了，我们还能回到过去吗？

7

时光的辗转可以让很多东西面目全非。从爱到不爱再到爱，像是一个反复无常的循环。但能让爱形成闭环的，一定是一颗不移的真心，对上了另一颗不移的真心。

三个月之后，晴天小姐回来了。

原来，她去香港只是参加公司的培训，为了部门调动的岗前培训。原来，她说的要告别过去迎接新的开始，指的不过是工作。她一下飞机便雀跃地发信息给他：我回来了，这回可没人和我抢行李箱啦！

眼泪顺着脸颊在手机屏幕上稳稳着落。他三个月没她的消息，也没敢多发消息给她，但他赌她不会忘记他。

她没告诉他，她这三个月的培训异常辛苦，经常通宵看书准备幻灯片，不让他发晚安其实是怕影响他休息。

她也没告诉他，她确实在香港见到了前男友。那个在两年前不说一句就走，还断了音讯的人，目前是香港一家投行的总监，居然充满悔恨地在她面前掉眼泪："我大概是再也找不到像你这样温柔纯真的人了。一切都是我咎由自取，我们还能回到过去吗？"好像浪子回头，好像洗心革面，好像她应该知足。

但她不会回头了。

在遇见晚安先生之后，她才明白原来自己是值得被如此珍爱的。因为花团锦簇的配角，永远不及一个完整的自己。爱本来就不该附加那么多不相干的欲望；爱，不过是要找一个人和自己说很多很多话而已。

那些行云流水般不着痕迹的晚安，当时只道是寻常，在他乡，却让她才下眉头，又上心头。

当然，晚安先生也不会告诉她，他在收到前女友信息的第一时间就回复，他们回不去了。

你们以为曾经被狠狠砸碎、弃如敝屣的心，只要拿一点似真似假的黏合剂就会变得圆满了吗？不，经过那么一次伤痛，晚安先生反而不想将就了。既然爱和被爱，是这个世界上最重要的事，那为何要将就？

在遇见晴天小姐之后，他也终于体会到原来自己的付出是可以被如此褒奖且重视的。而因为畏首畏尾选择一段熟悉、容易且已经试验数百次会拧巴的关系，注定不会幸福。

平等地、体面地去爱是多么重要，容忍或许可以换来一时的和平，却一定换不来感情的繁荣。

8

有些话藏不住，比如说晚安。有些事也藏不住，比如我爱你。

可是能把这些话变成这件事，就是那个刚刚好的人。是那个在高富帅云集的金融城并不出类拔萃的晚安先生，以及那个在这片人海里并不起眼的晴天小姐。是选择了同样的行李箱，对一场电影有同样的解读，同样曾在感情中身处弱者地位的他与她。

那些走过的弯路，没绕开的浪子，摊上的作女，何尝不是生活的馈赠？不曾在这些不健康、不体面的爱里一游，你怎么能在芸芸众生里一眼就辨认出那个真命天子呢？

爱本身就是一种获得幸福和快乐的途径。是两情相悦，且势均力敌。是乍见之欢，也是久处不厌。未必有欲擒故纵的伎俩，而一定有一板一眼的牵挂。未必有一见钟情的开头，却一定有两情相悦的后来。多半不会只是一方的妥协，且一定有完整的自己。

是开口闭口谈爱情到谈及爱情便忍不住会心微笑的距离，

不过一个她。

是你在对方那里看到了更好的自己，然后变得更好的这般美妙的循环。

是你随口扯一句感慨，有人觉得你矫情，有人却已经在心里为你点赞了一千遍。

是在寻常日子里的爱如溪泉，是有情有义的一如既往，没有多少声响却一点一滴渗透进你的心，等你半晌回过神，心里已经妥妥被爱填满再也装不下其他东西了。

如水落花开般自然，你看到了我的孩子气，我不用跟你装客气。那些压抑的、痛苦的、卑微的，需要让你凝神屏气小心维系的，需要去琢磨到底是不是爱的，无论有多么浪漫的开场，都终究与爱无关。

晚安先生说，爱是彼此的付出，是共同的感恩，是梦里的星河，是蓝得要滴出水的晴天。

晴天小姐说，爱是夹菜时去掉的鱼刺，是小事都可商量的尊重，是不会缺席的牵挂，是如期而至的晚安。

还好，我们最后都懂得了爱。

（作者 / 忆湄）

被嫌弃的张雷的一生

1

张雷死了。

奶奶在屋外说起这件事时，家人都欢呼起来。那时候，我还在被窝里。我把头埋在枕头里，因身上发冷，就用被子把全身裹住。我想了想，只觉得死终究还是来到了张雷的身上。死与张雷，一定互相等待了很久。

2

临近春节，我从北京回到白马镇。

白马镇位于湘西，依沅江而建。沅江水清见底，蜿蜒入洞庭湖。右侧为高山峭壁，风景绝美，左侧为连绵的丘陵。镇子建在白马桥东侧，沿着沅江住着稍微富裕些的人家，房子都是吊脚楼。普通农民们，就聚居在丘陵地带，房子都是小木屋。

我一年没回白马镇，回去的第二天决定四处转转。我就是转到丘陵地带时，在一个坟墓前看到了当时还活着的张雷。那时已是午后，本来清爽的天空突然来了一阵雨，细微的雨滴洒在树枝和杂草上。我走着走着，不小心来到了一处坟地。我心里有些害怕，准备退步而返时，看见一个人正跪在坟前，自言自语地说着些什么。我往前走几步，蹲下来，支起耳朵听，却仍是不能听清。不一会儿，那个跪着的人突然放声哭起来。我屏住呼吸，透过身前柏树的间隙认真观察他的背影，却也实在想不起来他是谁。他哭了一会儿，就瘫坐在坟前。我看得累了，起身悄悄地离开了丘陵地带。细雨仍旧下着，我有些冷，跑着回到了家里。

我坐在火炉前问奶奶那个坟墓是谁的，那个跪在坟前哭泣的人又是谁。奶奶告诉我说那一定是张家的人，坟墓是张二爷的，而那个在坟前哭泣的人，就是张雷。他是张二爷的三儿子。

原来是张雷，我心里叹道。

3

张雷是白马镇臭名昭著的人物。

他小时候得了癫痫病。每每一发病，他便全身抽搐，不省人事。他这样的状况得到不少乡亲的同情。乡亲们那时候对这个病也并不了解，只是看他发病时的样子，觉得对于一个孩子来说，未免太过可怜。乡亲们去他家时，都会带些水果、鸡蛋等以示关怀。

因为张雷的癫痫病，又因为他是自己最小的儿子，他的父亲张二爷就一直宠着他，百般溺爱。他带着张雷走遍了镇上和县里的医院，求助了当地一些老中医，这个病却怎么也不见好。治不好病，张二爷就只能尽可能地满足张雷的各种要求，几乎到了张雷要什么就给什么，完全放任的地步。

他的母亲尤金花呢，是从外镇嫁过来的，和张二爷经常闹矛盾，在家里一直比较受排挤，而张雷的病这样折腾来折腾去，也让她费尽了心思，她就渐渐地对一切都不管不顾起来，每日就是做做饭，喂喂猪，打打麻将，似乎有把日子就这么混下去的意思。

就这样到了张雷该上学的年纪，张二爷把他送进了镇希望小学。在学校里，张雷因为年龄稍大，个头也比其他同学要高些，就到处欺负同学，成了学生中的混世魔王。上课时，他从不听课，就在下面起哄，或者是和其他同学吵吵闹闹，老师们想管他，他却一点也不怕。后来有一次在数学课堂上，数学老师烦了，想罚站张雷，不料他突然又犯了癫痫，滚倒在地上，全身痉挛，嘴里还吐出白沫来，把数学老师吓出了一身汗。

这件事之后，老师们对张雷开始不管不顾了。张雷更加不爱学习，到处捣乱。老师们和同学们对他的厌恶也就与日俱增。好不容易熬到了小学五年级，张雷对张二爷说实在没有兴趣再读书，张二爷无奈，只得让他离开了学校。

那时张二爷觉得张雷年纪还小，就不让他做农活。他或是窝在家里抽烟看电视，或是到学校附近的商店里看别人打牌打麻将。他有时候饿了，就趁商店老板不注意，悄悄地拿东西吃。拿的次数多了，老板自然发现了，就数落张雷。张雷脾气暴躁，不肯承认，和老板说着说着就吵起来，然后不可避免地打了架，惹出不少是非。

张二爷知道后，就从家里赶来商店里闹。这样打架和闹得太频繁，乡亲们都觉得无奈，对张雷能躲则躲。张雷却因此误以为大家都怕他或是厌他，更加得寸进尺。有些乡亲忍不下这口气，想要教训张雷，但最终还是被劝住了。

乡亲们都有忌惮。张雷个头越长越大，力气也大，这倒在其次，主要是他有癫痫，乡亲们生怕因此惹出更大的是非。另外，乡亲们忌惮的还有整个张姓的人。在白马镇，张姓与李姓是其中的两个大姓。张姓人多，都住在张家湾里，无事时似一盘散沙，一遇事就团结无比。李姓呢，各自为政，在内部因田地、商店生意等争斗不休。其余的如裴姓、康姓、屈姓都为小姓，只是散居着几户人家。

张雷闹事，其他人想去教训，张家人却放出狠话："谁打了张雷谁自己负责！"这句话背后，一层意思是张雷是张家人，受张家人保护；还有一层意思就是张雷患癫痫，如打出了人命，代价可就是人命。这样一来，所有人都只得尽量躲着张雷。

4

张雷没人可招惹了，活得无趣就把目标对准了家族内部。他依旧不做任何农活，今天去串二哥的门，明日去串三叔的门，去了就守在电视前，到吃饭时间，不等别人叫唤，自己就去橱柜里找来碗筷，囫囵吞枣地开吃。吃完后又开些下流的玩笑，一个人笑个不停。他也招惹小孩，惹来惹去把小孩弄哭了，他就溜之大吉。

渐渐地张家人也都讨厌他，唯有张二爷仍旧宠爱他。等到张雷二十岁的时候，张二爷一心想要给他找个媳妇，就到处给他物色好女孩，可是女方家里一听说是张雷，都婉言拒绝了。

张二爷找了两三个年头，也没能给张雷找到对象。那几年，刚好打工潮兴起，张二爷就想带张雷去外面看看闯闯，也想试试运气看能不能为他找到好的对象，于是张雷就跟着张二爷外出打工了。他们先是到了常德，张二爷做了一段时间的建筑工。后来又去了安徽芜湖，张二爷在一家铁厂做工人，因为担心张雷的身体，就没让张雷做。在铁厂里倒是有一个女人对张雷有好感，那是厨房里的一个女工，芜湖本地人，比张雷大三岁，因为长相有些不好（听说眉毛极粗，有龅牙），一直没有对象。女工试图接近张雷，张雷无比反感，他甚至为了逃离那个女工，日夜不回铁厂，在芜湖到处闲逛。后来我们听说他找了一个桥下的站街女，失去了自己的童子身。但这件事的真假，谁也不知道。

在外打工的第二年，张二爷负责的铁炉发生了一次意外，张二爷的右脚被烫伤。和铁厂老板因为赔偿问题吵闹一通之后，张二爷最终带着一万五千元的赔偿费，和张雷一起回到了白马镇。

回来之后，张二爷的身体日渐地差了，他时常感冒，或者头晕，或者全身乏力，整天卧病在床。有一次咳嗽，还咳出了血，他就自己悄悄地把血擦掉，对谁也没有提起。

在张雷二十九岁那年，张二爷死了。张二爷的死在白马镇是一件奇异的事。那时，张雷的大哥还住在楼下，母亲尤金花早已经与张二爷分房睡。那个夜晚，张雷的大哥听到二楼张二爷的房间响了一声，之后又悄无声息。当时他没在意，第二天早上去张二爷房间时，发现张二爷躺倒在地上，人已经凉了。

张二爷死后，张家人为他办了盛大的葬礼，将他葬在了丘陵地带一棵柏树旁边的转弯处。那次，等所有送葬的人都走后，张雷一个人又偷偷地跑了回去。后来我们听住在离张二爷坟墓不远的乡亲说，张雷趴在张二爷的坟前号啕大哭，那哭声，响彻整个丘陵地带，让听到的人心里不免产生阵阵悲意。

张二爷死后，张雷的大哥大嫂商定好后，带着母亲尤金花搬去了在沅江边新修好不久的房子居住。从此，那个大大的二层楼的房子里就只留下了张雷一个人。

5

进入二十一世纪，张雷已经三十一岁了。

白马镇在政府的资助下，铺通了柏油路。临沅水而修的部分吊脚楼被拆掉，重新修了小洋房。生活在丘陵地带的乡亲们，家家门前也都渐渐通了公路。县政府又决定扶持白马镇的烟叶发展，于是，那些外出打工的人都回来种起了烟叶。

种烟叶的一大难题就是烟叶的托运，县里就派来了工程队，要把公路通向那些面积比较大的丘陵。工程队的人就住在白马镇的一位乡亲家里。

在工程队，有一位负责做饭的妇女，大家都叫她“阿柔”。她三十岁不到，身形妖娆，穿着打扮上总是带着大城市的时尚与性感，言语总有些撩人。乡亲们还听说，她是工程队队长的情人。

在工程队来白马镇不到半个月的一天，阿柔正在房屋东头的水龙头下洗菜，张雷突然出现在她的身后。他从背后一把抱住她，就往屋后的山上跑。阿柔一下急了，去咬张雷，张雷生气，就把阿柔按倒在地。这时，工程队队长带着四个人提前回来了，见到这种情景，立马冲上来将张雷拉开，拳打脚踢地一阵对他痛打。张雷第一次吃这种亏，一边痛骂着，一边往张家湾跑。

当天夜晚，张家来了近三十人，手里拎着火枪、锄头、镰刀等，将工程队的人团团围住。工程队队长站出来道歉，被张雷大哥一脚踢翻在地。阿柔哭着出来，张家人要她跪着道歉，她被逼无奈，只得下了跪，道了歉。接着，工程队其他的人，也都一一道歉。最后，工程队队长又承诺赔偿五万元钱，张家人这才善罢甘休。

第二天，工程队就带着所有的机器离开了白马镇。

张雷伤好后，他的大哥从得到的五万元赔偿金里面给他分了一万元。于是，张雷常常去牌场炸金花，不到半个月，一万元输得一分不剩，还欠了一千多的债。可是没钱的他赌瘾还在，就看别人赌。他在旁边又不安分，好给人瞎指导，别人不听他的意见，输了牌，埋怨他在旁边误事，他生了气，拎起那人一顿暴打。

有了工程队的教训，乡亲们即使被打，也只得忍气吞声。渐渐地，乡亲们一看到张雷的身影出现，都立马散开，或是紧闭大门，等他的身影远去后，才又重新聚在一起。那些丈夫在外打工的家庭，妻子一个人待在家中都紧闭屋门，外出一定成群结队。

张雷也觉出无聊，就不总出来了。他一个人住在那一栋已经快要倒塌的二层小楼里。有人说他常常几天都不吃饭，也有人说他开始酗酒，因为总是看到他去商店里买酒。他一个人走在路上，拎着酒瓶喝着酒，摇摇晃晃，时不时引来一阵狗吠。有时他喝醉了，躺倒在路边的草地里，一睡就是整晚。

后来，又有人在张二爷的坟前看到他。他一个人在坟前胡言乱语，有时突然大哭起来，像疯了一般刨坟前的土，刨得累了，就瘫坐在坟前。有时候他就睡在坟墓旁边的杂草堆里。

这时，就有乡亲传出话来说张雷一定疯了，也有人说他并不是真疯，他只是装疯卖傻。但大家茶余饭后总说起的一个事实是：张雷嘴里总是胡乱地自言自语，说一些奇怪的话。有人说那是死亡前的征兆，白马镇许多孤零零的老头都是那样死去的。

6

我在张二爷的坟前看到张雷哭的一个星期后，张雷死了，那天刚好是正月初三。白马镇处处还在拜年，鞭炮声轰隆隆地响着。不知道谁先说起了张雷的死，乡亲们开始还都不相信，后来有人证实了，张雷的死讯就一下子传开来。于是，鞭炮炸得更多更响，人们的欢笑声也更大了，整个白马镇热闹非凡，大家欢欢喜喜过新年。

至于张雷具体是如何死亡的，众说不一。有人说他是上吊自杀，有人说是喝酒过多血管爆裂而死，也有人说他因疯癫神志不清，就那样死掉了。张家的人谁都不出来辟谣。张雷死的时候，四十五岁。

张雷死后，张家人依照习俗为张雷举行了三天的葬礼。葬礼除了张家人，没有一个外人到席。那三天，张家湾那边的葬礼上敲锣打鼓，呼天抢地，而白马镇其他地方，鞭炮齐鸣，互道恭喜。葬礼第三天下午，张雷出殡的时候，我站在山里高高的石块上，看着张雷的棺材从张家湾的屋中被抬了出来。一共八个人抬棺材，一遇到小坡，他们便“嘿哟、嘿哟”地一起大喊。他们一路抬，一路喊，一路哭。等到了张二爷的坟旁，抬棺材的人把张雷的棺材放进前几天挖好的土坑里，填土掩埋。那些送葬的人哭了一小会儿，一起离开，留下张雷小小的坟堆。

张雷的坟堆和张二爷的坟堆并排而立。他的坟堆上光秃秃的，张二爷的坟堆上长满了杂草小树。风吹过，杂草和小树来回摆动。远处，鞭炮依旧响个不停。

（作者 / 康若雪）

为你，我走遍山和大海

1

虽然我穿得很厚，但是走出火车站的那一刻，迎面扑来的冷空气还是让我忍不住颤抖了一下，我紧了紧腰间风衣的带子。旭说得对，鞍山的确要比北京冷很多。

“嘿！”我环顾四周，没有找到旭，正准备掏手机的时候她突然从身后冒了出来。

旭围着围巾，披着长发，脸冻得通红。我心里觉得很抱歉，这么冷的天，还要麻烦她在周末的大清早离开暖和的被窝来接我，尤其是我曾经放了她好几次鸽子。

“我代表鞍山人民欢迎你！”旭搓着手，跳着脚说。

我说：“不好意思啊，这么冷的天你还来接我。附近有什么吃早饭的地方没有，我们去吃点东西吧！”

旭接过我手里的行李箱，指着不远处，说：“那边有个肯德基。”

到了肯德基，我们一人点了一碗热粥，还有几个汉堡。我喝粥的时候发现旭在盯着我看，突然想起动漫《火影忍者》里面的一句台词，就对她说：“请不要这么盯着我看，否则我可揍你了。”

旭“嘁”了一声，说：“我只是觉得你没有照片和视频里面的帅。”

我说：“我早就和你说过，别相信视频和照片，你偏不信。”

旭又“嘁”了一声，她似乎很喜欢说“嘁”。

我们这一代人，受青春文学的影响，十几岁的时候就喜欢上了文字，建立网络文学社，一些来自全国各地的孩子会在QQ群里面聊文字，谈写作，有时候还会做一些电子杂志。我和旭就是通过网络文学社认识的。时光荏苒，虽然网络文学社早已不复存在，但是我和旭的关系还是很好，不忙的时候会在一起聊天，有时候是QQ，有时候是电话。谈的内容也早已不再是单纯的文字，还有青春和梦想，以及未来。

吃完早饭后我们朝旭的学校走去。我说坐公交，旭却执意要打车，我说打车贵，她说不贵，我问多少，她说起步价才七块，我顿时无语凝噎，鞍山的出租车起步价只有北京的一半。

上车以后，坐在副驾驶座上的旭转过头对我说：“看你穿那么点，我怕站着等车你会冷。”

我说：“别看我只穿了两件，里面的衬衫是长的，外面的风衣是有毛的，很暖和。”

旭没说话，看了一眼我身上的浅灰色风衣。这件风衣是她帮我挑选的，当初来鞍山的时候我在QQ上说：“我好像没有太厚的衣服，你帮我在淘宝上看一件。”旭就帮我选了这一件风衣。

2

到了男生宿舍楼下，旭打电话给一个人说，我朋友到了，快下楼接驾。

来之前我和旭说，反正只有一晚，我住在宾馆就行了，但旭要我住在她同学的宿舍里。我说不方便，她说住宾馆贵，我说没事，就一晚，浪费不了多少钱。她最后咆哮起来："我是地主，你得听我的！"我只好作罢。

一个男生穿着拖鞋，披着衣服，揉着眼睛下来了，他冲我"嗨"了一声，然后接过我和旭手中的行李就转身上楼，整个过程只有几十秒。

我有点没进入状态，旭说："他就是那样的，上去了又会接着睡。"

我和旭向校外走去。旭问我："你昨晚差不多半夜才上车，不困吗？要不要休息一下？"

我摆摆手："不困，昨天差不多睡了一下午，火车上也睡了几个小时。"

"那我们去二一九公园吧！"旭说。

我说："好啊，反正这里我人生地不熟，就跟着你走了，只要你不把我卖了就行。"

旭又"嘁"了一声。

每座城市的公园都大同小异，湖、花、树、游乐场等，除了这些似乎没有其他好玩、好看的东西。二一九公园也一样。

冬天的二一九公园比较萧索，除了一些四季常青的树，看不到其他绿色。游人很稀少，整个公园冷冷清清的。我和旭边走边聊天。我们聊到关于旅行和流浪的话题，我问她：

“你真的打算像你十七岁时说的那样，要带着几百块钱走遍西藏吗？”

旭十七岁那年和我说，她终有一天要独自一人走遍西藏，来一次说走就走的旅行。如今已经过去三年了，她还未能付诸实践。

旭看着我，又“嘁”了一声，说：“那时候幼稚，亏你现在还记得，你也不想想，几百块钱怎么走遍西藏？”末了又说，“我身体不太好，家里不让我到处乱跑，不过大学毕业以后我一定要去西藏旅游。”

十七岁的时候她说旅行，三年后她说旅游。

时光的残忍之处在于，它让我们明白，年少觉得轻而易举的事情，实现起来并不容易，甚至可能永远也做不到。

我们在公园里走了很久，差不多逛完了整个公园。走到一座桥上的时候我们停了下来，手撑着栏杆看下面的湖，湖里面有个男人在游泳。

我说：“他不冷吗？零下呢。”

我以为旭又要说“嘁”，但她没有，她说：“这样的人，东北多着呢！”说完上下打量了我一轮，半开玩笑地说：“瞧你这身板，肯定弱不禁风。”

我装模作样地挺了挺胸脯：“瘦是瘦，但有肌肉！”

看着我滑稽的样子，旭“扑哧”一下笑出了声。

3

晚饭后，我和旭去看了一场电影。电影两个小时，是一部国外的喜剧片子，很不错。

从电影院出来，街上的冷空气让人发抖。旭裹了裹脖子上的围巾，缩着脖子双脚跳了起来："好冷呀！好冷呀！"又像发现了什么似的看着我说，"你咋没戴围巾呢，这么冷的天？"

我本来想回答说我没有戴围巾的习惯，但马上打住了，因为我突然想起这次来鞍山还有另外一件事要办。旭似乎也想到了这一点，她像发现了一个秘密似的说："对了，我去年给你织的围巾还在宿舍呢，居然现在才想起来！"

去年，旭刚上大一，那个冬天她们宿舍的女生兴起了织围巾的氛围，旭也想织，就给我织了一条。旭给我织的不是一般的围巾，比较独特，甚至可以说比较奇葩。围巾六米长，上面的洞有拳头大小。我问旭："为什么要织这么奇怪的围巾？"

旭回答说："你是一个特别的人，送你的东西也应该是奇特的。"

我说："我没法戴，太长了。"

旭说："谁说给你一个人戴了，我这是织的情侣围巾。"

从去年开始，我说了好几次去鞍山看她，顺便取围巾，但都因为各种各样的原因没有去成，已经放了她好几次鸽子了。直到前几天我和她聊到下雪的问题，我说："今年马上就要结束了，可是北京的雪还没有来。"

旭发过来一串充满诱惑的文字："鞍山已经下了好几场雪了，你要不要来看看？"

这时候我才恍然大悟，我已经对她说过好几次"过段时间我就去看你"，却都没有付诸行动。

旭跑到宿舍去拿围巾，我站在宿舍楼下等她，其间有一些路过的女生向我投来好奇的目光。过了一会儿，旭提着一个很大的袋子走了下来。我接过袋子，从里面拿出围巾，借着旁边不算太亮的路灯，我看到围巾由白色和灰色两种颜色组成。我想看看围巾到底有多长，我抓住一头，旭抓住另一头，一起后退。确实挺长的，借着旁边的灯光，我居然都看不清对面旭的脸。周围路过的学生开始站住看着我们，以为我们接下来会做什么奇怪的事情，有两个甚至拿出了手机，准备拍摄。

旭有些不好意思地说："哎呀，别看了，快收起来，有人在拍呢！"

收好围巾以后旭把我送到男生宿舍楼下，过了一会儿，早上那个男生下来带我上楼，他的装束依旧和早上一样，只是神情比早上精神了一些。

他带着我走进宿舍，指了指堆在宿舍一角的我的行李说："你的东西都在那里，至于拖鞋洗脸盆洗脚盆什么的，宿舍里面的随便用，反正大家都是男人。"

他说完又转身看了一下，指了指我旁边的空床，"你就睡这里，其余的你自便。"然后就坐在电脑前戴上耳机玩起了 CF（《穿越火线》）。

我有点哭笑不得，本来还打算和他来个自我介绍交流下感情什么的，没想到他这么随意，一点陌生感都没有。

我问了走廊里的几个学生才找到洗脸池的位置，简单洗漱后就躺到了床上。我环顾四周，除了那个玩游戏玩得正酣的男生之外，没有看见其他人，我想问问他其他学生都去了哪里，但想想还是算了，人家玩得那么开心，打扰他做什么呢？

我刚躺到床上旭就给我发来了一条微信："要是他们有谁

敢欺负你，你告诉我，我明天收拾他。”

我开玩笑说：“放心吧，要是他们欺负我，我会把他们都打趴下的。”

旭回复我：“嘁，暴力狂。”

我说：“忘了说，你真好看，比照片和视频里的都好看。”

旭说：“算你慧眼识珠。”

我说：“我好喜欢你。”

旭说：“滚。”

我说：“哈哈，我说真的，喜欢你好久了都。”

我等了半天，也没有等到旭回复我的消息，就睡着了。半夜我起来上厕所，打开手机想看看时间，页面停留在我和旭的对话框上，一行带着灰色的小字提示我，她撤回了她发的两条消息。

4

第二天我睁开眼睛，听到楼下面有几个声音在喊我的名字，隔得远，声音有些缥缈。我走到窗边打开窗户，发现旭和她的几个同学正站在楼下大声喊我的名字，我赶紧招手回应她：“在这里，别喊了！”

旭见终于叫醒了我，有些气恼地吼道：“你这头猪，现在都几点了！我叫了好久你都没有反应！电话也关机，打宿舍里其他人的电话要么不接要么就是不在宿舍！你们男人就是不靠谱！”我转头看了一下旁边，发现昨晚玩游戏的那个男生正呼呼大睡，似乎地震了也不会醒来。

因为旭的一句“你们男人就是不靠谱”让周围的人以为我

对她做了什么，开始越聚越多，等着看接下来的好戏。我赶紧制止她："姑奶奶，你别喊了，我马上就下来！"我是真没有想到旭还有这么泼辣的一面。

我赶紧洗漱，穿戴好跑到楼下，旭一脸气鼓鼓地看着我："你看看现在都几点了？联系不上你，我以为你蒸发掉了呢！"

我看了一下时间，已经十点了。我点头哈腰道着歉："不好意思，鞍山的夜晚太美了，我忍不住睡了个回笼觉。"

旭旁边的三个女生笑了起来，旭也破怒为笑，气氛一下子就缓和了。

我们决定去千山，这是还未来鞍山之前就和旭约定好了的。

虽然在鞍山待了快两年，但旭从未去过千山，她那三个同学亦是如此。开始我有些不理解，后来细想下自己到北京差不多两年了，去过的景点只有一两个，原来，我们都一样。

米兰·昆德拉说得好：对于每个人来讲，自己的此处便是他人的别处，是他人憧憬向往的地方。在他人的眼里，你的此处很美，但我们自己浑然不觉，或根本不懂得去珍惜。但当别处成为此处时，我们又会渐渐失去当初的感觉……

或许，这正是我们迫切想去其他地方旅行或流浪的原因。

千山是道教圣地，由上千座莲花形状的奇峰组成，清代一个叫姚元之的诗人这样形容千山："欲问青天花数朵，九百九十九芙蓉。"可怜我们这一行五人对道教都不了解，面对此等威严之地，只好闷头爬山观光，全然领悟不了它的神圣及精髓。

千山并不高，我们又都很兴奋，说说笑笑倒也觉得轻松。

旭的几个朋友摆着各种姿势拍照，旭却无动于衷，直往前走。我对她说："你去和你的姐妹们拍照玩儿吧。"

她摇摇头："不喜欢。"

转而又问我："你要拍吗？她们都是美女啊，嘎嘎。"

我摆摆手："还是算了吧！"

旭又"嘁"了一声。

爬了一段山，感觉有些饿，我环顾四周寻找吃东西的地方。旭的一个同学似乎明白了我的意思，她叫住我："山上的东西贵，我们带吃的了。"她们从各自的背包里面拿出一些零食给我吃。旭站在一旁吃薯片，长发被风吹起，在她的前额飞舞，摩擦着她的眼镜。

突然耳边响起相机快门的声音，旭的一个同学偷拍了我望着旭的情形。旭也被快门声吸引，不过她刚才一直在认真吃东西，没有发现我在看她，我就没有道破她同学偷拍我们的事情。

在山上逛了一会儿，天气有些冷了，我们就朝山下走去。到了学校以后，我和旭没有其他地方可以去，就在学校里面边散步边聊天。

"在北京待得好好的，为什么突然想起要回南方？我还打算毕业了到你们公司实习呢。"旭有点不相信地看着我。

我说："北京空气太糟糕，房租也贵，有些吃不消了。"

"你当初不是说搞文化的都要去北京吗？你现在离开是不想从事这方面的工作了吗？"旭继续发问。

"只是那时候的幼稚理论而已，其实只要有心，在哪里都能做自己想做的事情。”

我以为她又会“嘁”一声，但她什么都没有说，只是看着前面，沉默地走着。

5

晚饭是在食堂里面吃的，旭点了好几个荤菜，我说：“你别点那么多，吃不了。”

她说：“你那么瘦，应该多吃点肉。”

我说：“我瘦是因为我不管吃多少肉都不长肉。”旭停下手里夹菜的动作，眼里迸着羡慕嫉妒恨的情绪。

吃完饭后我们并没有马上离开座位，坐在那里继续说话。我们说了很多，各自的生活以及今后的打算。我突然发现，到了一定年纪之后，我们谈到未来时，不再说梦想，而是说打算。

旭打算大学毕业以后找个好点的学校教书，她想做一名老师。

“你的打算是什么？”旭问我。

我想了一会儿说：“我想回南方，先过一年自由自在的生活，看书，写小说，旅行，考证。”

“那一年之后呢？还会回北京吗？”旭问。

“不知道呢，到时候再说吧。”

“那我想去找你怎么办？”

“我等你啊。”我轻描淡写地答道。

旭沉默。

接下来的时间我们都没有说话，一路沉默，却没有尴尬感。

风突然大了起来，旭好像有些冷，我感觉到她在发抖。我把风衣脱下来想往她身上披，她推开我："干吗呀？这么冷，不怕着凉啊？"

我说："你不是在发抖吗？我是南方人，不怕冷。"

旭把衣服拿过去披回我身上："绅士也要注意环境，要是别人看到了，还以为我在虐待你，赶紧穿上。"

这时候，天上突然飘起了雪花，开始的时候是毛毛细雪，渐渐地越来越大，我想过不了多久就会变成鹅毛大雪吧。

我说太冷太晚，不用送我了，但旭执意要送。

在火车站告别时，我想说一些动情伤感的话来纪念这次相见，但憋了半天也没有说出一个字来。

旭说："我们拥抱一下吧，这次分开了，不知道下次见面是什么时候。"说完就走上前，张开双手抱了我一下。

我们挥手告别。进站后，我透过玻璃门看到旭转身离开了火车站。雪越来越大，地上已经堆积了薄薄的一层，过不了多久，鞍山就会进入一个银装素裹的世界吧？那应该很美。

在回去的火车上，我一直在想，昨晚旭撤回去的两条消息是什么。但我也没有再去追问，有些事情既然没有可能，也就不需要再知道答案了，留点念想也是极好的。

6

两个月后，我离开了北京，打算回重庆待一段时间，过一段轻松惬意的看书写字生活。

旭在微信上说："你看看地图，鞍山离重庆有多远。"

我想也没想就说："几千公里吧，蛮远的。"

旭说："如果你还会来北京，记得告诉我，我去找你玩。如果你不来了也记得说一声。"

我说："好的。"

我在重庆待了一年，这期间我看了很多本书，写了很多文字，去了不同的地方旅行。因为没有固定的收入，生活变得有些拮据。

我无法再心安理得地过这种生活了，我应该出去找一份工作，拿一份薪水，过都市白领一样的生活，枯燥平凡，但有安全感。

问了几个朋友，联系了几家公司，没有找到合适的工作，几经比较，我决定重回北京。我没有想太多，也不再像一年前那样抱怨糟糕的空气和拥挤的交通。如果连基本的生存问题都解决不了，纠结其他的东西毫无意义。

我重新回到了北京，踏踏实实地工作半年后，生活才步入正常轨道。

我已经好久没有和旭联系过了，她也没有联系过我，不知道她过得怎么样了。我给她发微信："嗨，好久不见啊。"等了半天，她也没有回复我。我点开她的朋友圈，一片空白，原来她已经关闭了我查看她朋友圈动态的权限。我心里有一种不好的预感。

我想了一会儿，又给她发了一条消息："你是不是恋爱了？"

过了十多分钟，她回复说："嗯，恋爱了。你现在还好吗？"

我心里不是滋味，沉默了几分钟，说：“我很难过。”

旭也沉默了几分钟，明知故问：“为什么？”

我有些生气：“你说为什么！”

旭说：“那你让我怎么办？”

我沉默。

旭说：“那么远，你又居无定所。”

我这个胀鼓鼓的皮球慢慢地泄气了。我意识到一个严重的问题：我并不能给旭任何东西，哪怕一个简单的拥抱也不可能。

我退了微信，手机断网，坐进阳台点了一根烟。

半个小时后，旭给我发来了一条短信，说：“我们还是朋友吧？”

我满怀酸楚，回复她：“是的，必须的。”

短信发过去没一会儿，我就收到了旭的回复：“我希望你能做个努力的人，拥有春暖花开的未来和幸福的生活，还有一份完美的爱情。我也会努力生活，恰当地过每一天。一起加油吧，老朋友。”

我看了好几遍这条短信，久久地看着，泪流满面。

我和旭终究只是朋友。不过这样也挺好的，我们各自都有了新的生活目标，我们也会有美好的未来。

我相信。

（作者 / 海猫小樽）

尾行高手

1

大学毕业后，我在外面折腾打闹，创过业，也上过班，但依旧一事无成。于是跑回重庆，打算安静地待一段时间再说。

有一天，我和高中同学苏宏一起喝酒，两人边喝边聊，话题一下子就跑偏了。

我说："我们要不要做点大事什么的？感觉日子好无聊啊。"

苏宏红着脸一本正经地看着我："好啊，我也有此打算。"

我说："那我们做什么呢？"

苏宏想了想，拍桌子道："不如我们开个饭店吧？"

我兴奋不已："好！我曾经也这么想过！"

然后我们又叫了一箱啤酒。

我是被拍耳光拍醒的。

我睁开模糊的眼睛，看到一个光着膀子的男人一边拍我的脸一边叫我："快醒醒，快醒醒，吃了饭还没给钱呢！"

我头重脚轻，肚子里特别难受，打开他的手："你再打我试试，信不信我弄死你！”

光膀男一脸挑衅：“吃霸王餐还想打人？”

我没有理他，站起来，苏宏趴在桌子上一动不动，睡死了一般。我去冰箱里拿了一瓶冰矿泉水从头顶上淋了下来，瞬间就清醒了不少。

我抹了抹头发，问光膀男：“多少钱？”

光膀男说：“三百零五块，就收你三百吧。”

我摸了摸口袋，只掏出来二百四十五块。我又去摸苏宏的口袋，空空如也。

光膀男叉着手站在我面前。我正在想怎么才能付清剩下的饭钱时，身后响起了一个女人的声音：“庆长！”

我转过身，看到一个有些面熟的女人。待她走近，我才认出来，是顾红玮。

顾红玮付了饭钱后，二话不说，扶起苏宏就往家走。我跟在后面，对她说：“我来吧，他那么重。”

顾红玮说：“没关系，我总算能为他做点什么了。”

我看着顾红玮扶着苏宏步履蹒跚的背影，心里好难过，或许是酒精的作用，我居然有想哭的冲动。

这么多年了，她还是没有放弃他，她依旧爱得那么小心翼翼，如履薄冰。

2

顾红玮第一次向苏宏表白是在高三毕业的晚宴上，那时候硝烟刚散，所有人都松弛下来，一直被压抑的不满和荷尔蒙集中爆发。我们大口喝酒，大声疯笑，狂放不羁。

我听到有人在喊什么，周围太吵，没有听清。我顿了顿神，眼睛到处瞄，看到了站在凳子上的顾红玮。她面对着苏宏，刚才的话好像就是她喊的。

吵闹声停止了，顾红玮成功吸引了所有人的目光，大家都看着她。

顾红玮大声喊："苏宏，我喜欢你！我喜欢你！我喜欢你好久了！"

人群安静了几秒钟，刷的一下又变得喧闹起来，大家起哄地看着苏宏，等着他的答复。

然而，我们听到了意想不到的答案，苏宏说："去你的！"

人群又安静了下来。顾红玮一脸难以置信地看着苏宏，随后跳下凳子，哭着跑了出去。有两个女生跟了出去。

有人开始责怪苏宏，苏宏说："别说了，喝酒！今夜不醉不归！"人群又变得喧嚣起来。

3

顾红玮招了一辆出租车，她扶着苏宏进了后座。

我头有些晕，但脑子还算清醒。我问顾红玮："去哪儿？"

顾红玮说："去你家吧，就不去我那里了。"

我对司机说："小龙坎立交桥。"

出租车在无人的街头飞驰，忽明忽暗的车内，我看不清后面顾红玮和苏宏的样子，也不知道该说什么。

倒是顾红玮先开口了："什么时候回来的？"

我说："前不久，回来待一段时间。"

苏宏嗫嚅了一声，动了动身子，我能感觉到，顾红玮在那一刻很紧张。

很快就到了目的地，我去后座把苏宏扶了出来："我住六楼，太高了，我背他上去吧。"

我把苏宏放到沙发上，顾红玮去卫生间拿毛巾给他擦脸。

我在阳台站着吹风。过了一会儿，顾红玮走出来，和我一起站在阳台上。她说："别和他说今晚我出现的事儿，不然他又会不开心。"

我点点头，问她："高一到大学，毕业也快两年了，总共加起来接近九年，你还爱着他呢？"

"是深爱。"顾红玮纠正道。

顾红玮是在高一那年喜欢上苏宏的，但直到高三毕业才有勇气和他告白。苏宏是富家公子，家里有钱，长得还好，而顾红玮是一个泯然众人的普通姑娘。生活终归不是电影桥段，富家公子苏宏不仅没有感动于顾红玮的表白，而且开始反感她。毕业晚宴结束后的某一天，苏宏在街上遇到顾红玮，警告她说："就你说喜欢我，让我被人笑话！你也不看看自己，我怎么可能会喜欢上你？以后不要让我看到你！"那时候，顾红玮刚和朋友从商场里逛街回来，手上提着新衣服。后来我才知道，那新衣服是一条白色的连衣裙，是顾红玮准备在苏宏过十八岁生日的时候穿给他看的。

苏宏不知道，他的言语是在践踏一个青春期少女向往爱情的单纯敏感的心。

"那条裙子我一直没有机会穿，因为我一直没有得到一个适当的机会。那是我专门为了他买的。”顾红玮的脸隐在黑暗里，我不知道她是否在流泪。或许她已经习惯了强忍。

我点了一支烟，不知道能说什么。

苏宏考上了西南大学，当他某一天在校园的林荫大道上遇到再次向他表白的顾红玮时，本来和同学笑嘻嘻的他瞬间就变得暴跳如雷，像一只发怒的野兽。他冲顾红玮吼道：“神经病啊！我说了不喜欢你，你听不懂吗？你走啊，走啊！”

顾红玮站在那里，埋着头。她没有走，她愿意为了这份爱情付出所有，即使是自尊也没有关系。苏宏甩了一下手，自己走了。

高考之前，我曾和顾红玮有过一次聊天，她说：“我高中阶段唯一的目标就是和苏宏考同一所大学。”我问她：“那你实际想考的大学呢？”她说：“我想去厦门大学咯，但是没办法，谁让我喜欢上了苏宏呢！”

顾红玮跟着苏宏跑到了西南大学，在不同的院系。她本想和他一起经历人生最美的一段时光，结果却只能悄悄地站在一旁，以他看不见的方式关注他的一举一动。

大学四年，顾红玮成了一个尾行高手，苏宏不管走到哪里，她都会跟到哪里，并让苏宏无法发现自己。她只有这样做，才能让自己和喜欢的人在一个安全距离内和谐相处，不会让他因为自己而动怒。

顾红玮说：“我尝试过好好和他相处，以普通校友的身份也可以，但一直不成功。他一看到我就会生气，有一次甚至把咖啡摔到了我的脚边。我已经很努力地在做自己了，我学会了化妆和打扮，也看了很多书，各科成绩名列前茅，我用尽全力想为了他而变好，只愿得到一个和他好好说话的机会，却什么都没有得到。我一直不知道他为什么那么讨厌我，我真的很差劲吗？我已经很用心地让自己变好了啊，为什么都不给我一个机会呢？”

我见过很多在爱情里伟大的人，他们姿态各异地诠释着爱情，有些人作茧自缚，有些人独善其身，有些人善始善终，却唯独没有顾红玮这种姿态卑微之人。她为了他，连自己都不要了，她舍弃的不仅仅是生活，还有生命的意义。

去北京上大学以后，除了苏宏和几个关系特别好的同学，我和其他高中同学的联系渐渐少了。至于顾红玮，我偶尔和她在微信上聊几句，知道她一直单身，心心念念的依旧是苏宏。我不惊讶于她对苏宏的执着、坚定，却没想到她竟然在自己画的爱情圈圈里过着这种生活。

我问顾红玮：“你每天都跟着他？不管他做什么你都会跟着？即使毕业以后也这样？”

顾红玮说：“大学时候是那样，但基本的生活还是要过的。我现在照常上班，只是住的地方离他特别近。他家里破产后，他每天都喝得醉醺醺的，我很怕他出事。每天直到看他回屋躺下了我才会睡觉。他以前不会喝这么多，或许是你回来的缘故吧。破产后，他基本上就没什么朋友了，之前那些喜欢围在他身边的人都不知道去了哪里。”

我明知故问：“你做的这些，他都不知道？”

顾红玮说：“是的。”

我一猜就是。四年的尾行，顾红玮的经验已经丰富到都能赶上侦探了。可她这么用力，依旧抵达不了自己想去的地方。

我继续问：“你们上一次见面是什么时候？我指的是，你们两人面对面，而不是你单独站在一边看着他。”

顾红玮说：“毕业典礼的时候。当时我想送他一张贺卡，可是他一发现是我就急匆匆地走了。那是他唯一一次没有吼我，可能是因为当时人太多的关系吧。”

东方渐渐明朗起来，我掏出手机看了下时间，已经过了早上六点。

顾红玮说：“我要回去了，收拾一下去上班。有时间一起吃饭啊！”

我站在阳台上看着顾红玮离去的背影，漂亮，洒脱，却又让人心疼。

她努力装出自己是一个幸福的人的样子，内心里一样东西都不少，实则，她除了一厢情愿什么都没有。

4

苏宏直到下午五点才起来，洗完澡后，边喝青菜粥，边吧唧着嘴巴，说：“还是你好，之前那些狐朋狗友见我没钱后全都跑了。昨晚的饭钱我以后肯定会给你，说好了请你吃饭的。”

我在厨房摆弄着碗筷，没有作声。

苏宏吃完饭后对我说：“我们昨晚说的话你还记得不？”

我没想起来是什么：“什么话？”

苏宏说：“开饭店的事儿啊！”

我笑了出来：“那不是喝多之后说的胡话吗，你还当真了？”

苏宏一拍大腿："我说真的！"

我一下子来了兴致："你就一套三居室的房子了，连饭都吃不起，我也穷得叮当响，咱哪有钱开饭店啊？"

苏宏两眼放光："卖房子啊！卖了就有钱了！"

我说："别啊，那是你爸妈给你留的唯一值钱的东西，你好好留着吧，饭店等以后有钱了再开也行。"

苏宏站起来，表情有些激动："我不想再这样碌碌无为混吃等死下去了，我想好好做一件事情！"

我有些诧异地问："玩真的呢？如果失败了怎么办？"

苏宏说："我本一无所有，何惧回到从前？"

我在心里想："你有很多东西，还特别珍贵。"

我笑笑，说："还是想想再说吧，这个事情太大了。"

过了一段时间，苏宏把一张银行卡扔到我面前："里面的钱足够我们大干一场了。"

听到"大干一场"这四个字的时候，我特别兴奋，既然苏宏都不在意，豁得出去，我还在意啥呢？就大刀阔斧地干一场吧！

我们拿着钱，财大气粗地找门面，找装修工人，招聘店长和服务员。苏宏担当大堂经理的角色，我负责采购、管理后厨等杂事，当然，我不做饭，有专门的厨师，我只是管理而已。那段时间，我每晚激动得睡不着觉，蓄势待发准备做一番事业，升华一下人生。

顾红玮找到我："你们钱够吗？如果不够，我这儿还有三万多块钱，你们可以先拿去用。"

我告诉她，苏宏为了这个饭店，把房子卖了，钱够花。

顾红玮摇了摇头，有些无奈地说道：“好吧，希望他的选择没有错，如果失败了，他就真的什么都没有了。”

她明白，她和他这一辈子都不会有交集，更不可能有羁绊，却还是担心他的生活，怕他过得不好。

无论经历了什么，过了多久，她依旧是最初的模样。

5

一个月后，我们的饭店正式开业，主要做川菜和湘菜。

但是生意并不怎么好，竞争实在太大了，其他有口碑的饭店门庭若市，我们的生意却很惨淡，有时候一天进来的食客不超过五个。我们想了很多活动，又打折又送券，酒水全免，但生意仍旧不见起色。

我和苏宏这才明白，在这个繁杂的社会里，我们还是太嫩，除了一腔热血，我们再无他物。

苏宏最近几天总是愁眉苦脸，我知道他在担心什么。我安慰他：“这才多久，我听其他开饭店的人说，一年能回本就不错了，我们这才哪到哪啊！”

苏宏点了根烟，说：“但这生意也实在太差了吧！”

有一天，一个右臂上文着一把匕首的满身横肉的胖子带着一个苗条的女人来吃饭，胖子一边吃一边跟女的乱侃，说当年自己多么多么厉害，从哪条街打到哪条街。本来店里就没多少人，加之生意不好我们心情不好，他的那些话就更显得刺耳和聒噪，我们心里直想他吃完快点走。

终于吃完了，这家伙却没钱付账。他走到柜台，满嘴酒气地对苏宏说：“哥们儿，今天忘记带钱了，先欠着，回头一并给你。以后咱们就是朋友了，你有个什么事儿，打个招呼就行。”

苏宏早就被他搞得不爽，就没好气地说：“我不想和你打招呼，也不是你哥们儿，你把饭钱给我就行。”

胖子感觉被驳了面子，冷笑了一下，说：“不识抬举是吧？”

苏宏满脸怒气地喊道：“赶紧给钱，然后滚蛋！”

胖子彻底被激怒了，他拿起柜台上的笔盒朝苏宏的面门砸去。苏宏也不示弱，操起背后架子上的一瓶白酒就朝胖子的头挥去。酒瓶“啪”的一下就碎了，胖子“嗷嗷嗷”地叫起来，捂着脑袋蹲在地上，血从指缝中流了出来。旁边的苗条女人尖叫着掏出手机打算报警，我一把按住她的手：“先打给医院，其他的我们回头再说，拜托你了！”

在医院的病床上，胖子睁开眼的第一句话就是：“那砍脑壳的去哪里了？我要告得他把牢底坐穿！”

我点头哈腰地道着歉，赔着不是，好不容易安抚好了他的情绪。我走出病房，掏出手机，看到苏宏发来的微信：“怎么样了？”

我回复：“他说，十万私了。”

苏宏回复微信：“去他的吧！”

6

我不知道顾红玮是怎么知道这件事情的，当她走进饭店把银行卡放在苏宏面前的时候，我们惊呆了。

顾红玮说：“我自己存的，再找朋友借了一点，总共五万，你拿去用吧。”

苏宏难以置信地看着顾红玮，皱着眉头，想了好一阵儿才想起来她是谁。我一直在等他的反应，不出所料，他没有接顾红玮的卡，他把卡推到她面前，“我不要你的钱，我不管你是怎么知道我的事情的，我只希望你以后不要在我面前再出现了。我很烦啊！”然后用手指了指大门，说：“门在你身后。”

顾红玮勉强微笑了一下，转身走了出去。她脑袋微埋着，估计是不想让人看到她的眼泪。

直到后来我才知道，这是顾红玮和苏宏最后一次见面。

“他让我走我就走，只要他喜欢就好，我无所谓，大不了继续在一旁看着他，继续当一个尾行者。我已经习惯了，没关系的。”当天晚上顾红玮在微信上和我这样说。她是那么善解人意，知道苏宏最近遇上事儿了，不开心。

顾红玮是一个坚强独立的人，她能爱一个不值得爱的人近九年之久，她的内心一定是丰富且滋润的。只是她的感情无法找到依附，也找不到归属，不管怎么寻找她都是一个孤立的人。

顾红玮的身影消失之后，我问苏宏：“你知道她是谁吗？”

苏宏岔开我的话题：“你和那人沟通得怎么样了？还能少吗？”

我说：“他说至少八万，不然就打官司。”

苏宏用力地拍了一下桌子，说：“打官司就打，谁怕谁？”

我劝他：“你冷静点，是你伤了人，都打进医院了……”

我们好不容易凑够了八万现金，把钱给那个胖子打过去以后，账上能活动的钱就只剩下不到两万了，这个月厨师和服务员的工资都发不起。我们只能宣布破产，遣散所有的员工，并将饭店转出去。

我们贴了张“旺铺转让”的大纸条在关闭着的大门上。偶尔有人打电话来询问价钱，但都是没说几句对方就匆匆挂了。因此，直到租期结束，饭店也没有转让出去。

那段时间，消极的我和苏宏天天窝在家里混吃等死，什么都不干，只是睡觉和打游戏。我还好，除了浪费时间空欢喜了一场什么也没有失去，苏宏却失去了唯一的房子。我总是会为他感到可惜，他却没什么感觉，自嘲地说：“什么都没有了，一身轻，这样多好。”

三个月后，我开始醒悟，并有了好好生活的想法。我决定再回北京折腾一番，只有在那个诠释着达尔文理论的城市里，我才能像打了鸡血一样充满动力。

走之前，我去见了顾红玮一次。在餐桌上，除了朋友之间的期许和祝福之外，聊得最多的还是苏宏。

顾红玮问我：“上个礼拜四你知道是什么日子吗？”

我说：“不知道，那天我看了一天电影，不是个很平常的日子吗？”

顾红玮说：“对我来说不一样，那天是我喜欢上苏宏整整九年的日子。”

我微笑，无言以对。

顾红玮说：“我家境一般，长得也不怎么好看，但我一直在努力，努力做一个体面好看优秀的人，只为了有一天够资格站在他的身旁，我不期望太久，十分钟就好。你知道吗？在之前的那九年中，我待在他身边最长的时间不超过三分钟，几乎我一走近他就开始咆哮，我很害怕他会越来越讨厌我，便顺他的意赶紧跑开。我于他，是个永远也见不得光的人。我只能远远地看着他，看着他经历各种各样的变故，他伤心我会跟着伤心，他开心我会比他还开心，并在心里祝福他，希望他能变得越来越好，越来越幸福。我曾经想过，我可以野蛮一点，像韩剧里的野蛮女友一样，死皮赖脸地缠着他，直到他喜欢上我为止，可我没有勇气。在这场爱情里，我是那么胆小，胆小得让人鄙视，我有时候都恨这样的自己，如果胆子大一些，如今或许就会是另一番模样。可是，时间已经再也回不去了。九年了，我依旧没有放下他，他也依旧没有把我放入眼里。”

在这场爱情里，她既伟大得让人心生敬意，又渺小得让人无比怜爱。她被爱情左右着人生，却永远也得不到爱情本该有的美好。但她内心是幸福的，这种幸福只属于她，也只有她愿意接受这种幸福。

我心如针扎：“红玮，以后的人生还很漫长，你不要太过用力，你要给自己留一些东西，生活还是要往前走的。”

顾红玮点点头，递给我一张银行卡：“里面还是之前那五万块，怕他认出来，我特意换了另一个银行的卡。你帮我以你的名义给他，你怎么说都行，就是别说是我给的。他过惯了优越的生活，没钱没房子的落魄日子我怕他不习惯。这是我能为他做的最后一件事情，希望他未来一切都好。就像你说的，人生还长，我要继续往前走，除了回忆，我什么都不想带走。虽然我一直在唱独角戏，但我还是很感谢他来过我的生命，因为他的出现，我的人生有了不一样的体验。以后回忆起这段日子，我都会特别幸福，能这么炽热用力地爱过一个人，我此生也就够了。”

我噙住眼泪，咬着嘴唇，用力地点点头，道：“嗯，放心吧。”

顾红玮长吁了一口气，她无比轻松地说道：“我已经很久没有这么开心过了。”

我微笑，顾红玮也笑了起来。这一刻，她的笑容特别美丽，我以前从未见到过。

（作者 / 庆长）

最后一个女朋友

1

我和宋佳相恋时，她十九岁，我二十五岁。

分手时她二十一岁，我二十七岁。

我们在一起时所有人都不看好我们，都等着看我的笑话。我暗暗发誓想要缔造一个神话，结果最后还是弄成了笑话。

宋佳常常说我比她大太多，她很吃亏，要我让着她。她不知道，她已经是我谈过的女朋友里年龄最大的了，大到我暗地里都把她的备注名标记为老女人。

我不怕被她看到，因为我喜欢“老”这个字，对我在乎的人我都这么称呼——老爸、老妈、老姐。老女人的未来，我原以为会成为我老婆。

2

二十五岁以前，我觉得结婚这件事情，离我还是很遥远的。

会这么想的原因有两个：一是家里还有比我大的姐姐没出嫁，我的婚姻问题还没有被父母提上日程；二是我谈的女朋友，永远不到法定结婚年龄。

倒也不是我喜欢欺骗未成年少女，而是年龄稍微大点的女生，对我都没兴趣。我能吸引到的永远是十七八岁情窦初开的女生，一旦她们长大一点，思想一成熟，立马就会觉得我不靠谱，找各种理由跟我提分手。

我十七八岁的时候，这事情还不奇怪，毕竟我还是在跟同龄人谈恋爱嘛。等到了二十三四岁的时候，周围的风言风语和看笑话的人就多了。对什么吃嫩草之类的老生常谈我一律当成是吃不到葡萄说葡萄酸。

和小女生谈恋爱多好啊，她不图你有豪宅名车，不图你送她名牌包包，你只要跟她谈谈人生梦想，她就会觉得你是个与众不同的、有追求的、闪闪发光的男朋友。如果你能在轧马路累了的时候去肯德基给她买个甜筒，那你就是最最贴心的人。

在她们眼里，钱还不是最重要的东西。即便是那些觉得钱挺重要的小女生，在十七八岁的时候也会觉得自己以后会有很多很多的钱，自己的男朋友以后也会挣很多很多的钱。在没有被现实摧残过的小女生眼里，未来的一切都是美好的。

说着说着就暴露了我一个致命缺陷，对，那就是穷。二十五岁之前，我不仅仅是个不婚族，还是个月光族和啃老族。我的那点薪水也只够请女朋友去吃个甜筒什么的，我要是买可乐，都不能买大杯的。这对于那些没有漂亮衣裳和名牌包搭配就无法出门的成熟女人来说是无法忍受的事情。当然我也不愿意骑着自行车送她们去机场。

还坚持跟十七八岁的女生谈恋爱，也不光是因为我穷。根本上的原因还是我自己思想不够成熟，而且还坚持认为成熟是一件很可耻的事情。我乐得无忧无虑，乐得幼稚天真，乐得跟单纯的人在一起做单纯的事情。

你让我去想结婚，想赚很多很多的钱去住豪宅，开名车，那不如杀了我。我宁愿去想想诺贝尔文学奖下一年会颁给谁这种离我很遥远，但看上去跟人生梦想还沾点边的事情。当然，这都是在我二十五岁之前的想法，这一切在遇上宋佳的那一年，彻底变了。

3

我说的变化，不是我从不婚族变成了结婚狂，也不是我从啃老族变成了独立的 SOHO 一族，更不是我从月光族变成了每个月定时存钱的守财奴。

那是一种由内而外的质的变化，是因为心灵上受到冲击和震撼，才导致的外在行为的变化。这样说可能有点玄，简单来说就是，我二十五岁那年认识了宋佳，她是我见过的最漂亮的女生，我们一见倾心，并且没有再见恶心。

不仅是漂亮，谈吐和追求，饮食和习惯，她都跟我出奇地合拍。用村上春树的话说，她就是我的百分百女孩。

我以前恋爱过很多次，但从未有过这种朝思暮想、一日不见如隔三秋的感觉。过去不管跟谁在一起，我还是会想想我的未来的，我觉得我未来一定会干成一件大事，爱情什么的不能影响我干大事。直到遇到宋佳，我才明白什么叫红颜祸水。和宋佳恋爱后，我只想天天跟她黏在一起。

可惜的是，这么美好的女生，竟然跟我不在一个城市。我认识她的时候，她只是来长沙看一场音乐节，看完她就回天津读大学了。

而我，一个刚刚辞了工作，在音乐节上跟着摆创意集市的姐姐打杂的无业游民，对跨省搞异地恋还是心存恐惧的。

她那么美好，离得那么远，要是有人欺负她怎么办？要是有人比我更好更喜欢她怎么办？我脑袋里全是这些问题，完全忘了人家没认识我之前也活了十九年。

因为总是想这些问题，所以她离开长沙我去火车站送她的时候，不小心就多买了一张车票，一路送到了天津。

不要觉得我没出息，二十五岁了还被一个十九岁的姑娘迷得神魂颠倒的。茫茫人海，两个人能相识相恋是多么不容易的事情。而且能在帅哥云集的音乐节上认识这么好一个姑娘，本身就证明我是有魅力的吧。

其实说起来我也没啥魅力，完全是运气好。音乐节上人太多了，根本挤不到台前，就算挤到台前，那种手拉手围着转圈的行为也不是宋佳喜欢的。她就远远地看着，恨不得一阵风吹来把眼前的人全吹走，留她一个人听她喜欢的歌手演唱。

宋佳在台下看着人山人海干着急的时候，我刚抱着吉他到创意集市。相比台上的音乐水平，我从初中到大学苦练了十年的吉他水平并不差。我之所以辞职就是打算干音乐这行。如果不是还没来得及组乐队，那这场音乐节我肯定就在台上了。

所以当看到宋佳远远地走过来的时候，我就弹起了那首让她迈不动脚的歌，给了她一场专属于她一个人的演唱会。后面的事情就是见招拆招、你情我愿、顺水推舟了。

4

宋佳回到学校之后，开始给我织毛衣。我及时阻止了她这种荒唐的行为。其实本来织毛衣送情人这件事情挺好的，但被编成歌之后就不好了，有个乐队专门拿织毛衣作词讽刺那些恋爱中的傻子。

“那就织围巾吧！”

“毛线用不完。”

“那就织两条，你一条，我一条。”

“还是用不完。”

“那就织三条，你一条，我一条，我妈一条。”

“为什么是你妈一条，不是我妈一条？”

“都一样，不浪费毛线就行。”

“不一样，我妈和你妈都掉水里了你先救谁？”

“我们不是在讨论毛衣和围巾的问题吗……”

幸福的爱情总是相似的，不幸的爱情却各有各的不幸。我受不了异地恋的煎熬，大义凛然地离开长沙到天津找工作。天津迎接我的是一口黄沙、一口土。习惯了南方湿润气候的我一到北方就被吹得脱了层皮，还倒霉得因水土不服病倒了。

爱情虽好，可是不治感冒。

前面说过，我还是很穷的。虽然离开长沙之前我狠狠地压榨了老姐一把，但架不住坐吃山空，到天津三个月，钱用完了，工作还没找到。

于是宋佳开始带着我跟她一起吃食堂。到了他们学校我才发现，在学校这种封闭的环境里，美女是一种多么稀缺的存在。大街上的美女是属于大众的，学校的美女只属于学校，我霸占着一个美女，就等于树立了数千个敌人。

在强敌环伺的环境里，我背负着沉重的心理压力吃着软饭。好在时间不长，就有北京的朋友叫我过去一块儿写剧本了。北京的氛围好，还能顺便卖卖唱。

从北京南站坐城际列车到天津不到一个小时，所以虽然再次面临异地相恋的局面，却比在长沙的时候好多了，每个周末我们都能在一起。

5

在遇到宋佳之前，我觉得自己受了女朋友一长大就会跟我分手的诅咒。我周围的人也都觉得我最多只能骗骗小姑娘，没人能跟我真正走进婚姻的殿堂。

所以宋佳二十岁生日的时候我是非常开心的，这意味着她到了可以跟我领证的年龄。我拿着我亲手用吉他弦编织成的戒指单膝跪地跟她求婚。

她笑着接受了。她跟我过去的女朋友不一样。过去的女朋友因为年纪小，不知道钱的重要，不懂得穷的含义，所以在一长大接触到物质，发现我无法带来富足的生活，让她们在其他人面前无法不自卑地生活后，我身上的光环就立刻消失了，分道扬镳是必然的事情。

宋佳不同，她知道贫贱夫妻百事哀，她跟我一起经历过贫穷，但她不介意。咸菜就米饭我们吃过几个月，豆瓣酱拌面我们吃了半年。她说她要的只是我，只是我的一颗爱她永远不变的心，所以吃咸菜没关系，也就只是吃得差点。

但婚姻不是我们两个人的事情。

我二十七岁的时候，去了宋佳的家里，去之前打听好了二老的喜好，专门挑在最疼宋佳的外婆的寿宴上登门。

结果还是被赶了出来。二老知道我的存在，一直嫌弃我家离得太远，嫌弃我年纪太大，嫌弃我没有正经工作。一直疼爱宋佳的外婆，也不想外孙女嫁得太远，因为我的突然出现，和宴席上宋佳父亲的拍桌而去，以及宋佳的失声痛哭，外婆突发脑溢血。

虽然抢救过来了，但从此半身不遂。

宋佳成了他们家里的罪人，我也一样。

写到这里，泪水突然落在键盘上，我想起之前读者问我的一个问题。她说你在写故事写到催人泪下的情节的时候，是先去哭一哭再写，还是写完了再哭。

我当时没回答她，因为我从未有过把自己写哭的经历，这是第一次，边流泪边写，用来擦泪的刚好是宋佳给我织的围巾。

又到了可以戴上围巾的季节，送围巾的那个人却已经和我的人生永别。

6

我离开北京回到老家的时候，正赶上姐姐的婚期，一家人都忙着姐姐的喜事，没人注意到我的失落。

姐姐结婚后，我的婚事便顺理成章地被提上了日程。

我曾经对宋佳说过，如果有一天我们分手了，我想我无法再爱上任何人了。

宋佳笑笑，没有说话，后来她在纸上给我写信的时候提到这个事情，她说如果有一天我们分手了，她希望我能把心打扫干净，让后来的人住进去。

记得我过去看书或者看身边人的经历，不能理解有些人为什么要跟自己不喜欢的人结婚，明明有那么多可以逃避的理由和办法，为什么要勉强自己跟不爱的人在一起呢？

我曾经很讨厌这种人。

如今，我终于也变成了这种人。

分手后宋佳接受父母的安排，尝试和她妈妈介绍的对象谈恋爱。

我也听从父母的话，带着报复的心理跟别人介绍的女孩领了证。

一切都符合大人的愿望，顺理成章。

夜深人静的时候我常常会想起宋佳，我曾经试着想过无数种我们分手的场景，我以为会有争吵和挽留，却怎么也想不到，我们中间有一天会隔着瘫痪在床的外婆。说到分手的时候，我们竟都没有犹豫，就选择了放弃。

委屈自己，成全一切。这是我无法理解却不得不接受的结果。

我记得刚在一起的时候宋佳问我："你这个花心大萝卜，我听说你之前谈的女朋友双手都数不过来，说，我是你第几个女朋友？"

我抱着她亲了一口说："你是我最后一个女朋友。"

她愣了愣，一下没明白。

我跟她说："傻瓜，跟你谈恋爱之后，我就再也不想跟任何人恋爱了。所以你是最后一个，你一毕业我们就结婚。”

说这话的时候，谁会想到一语成谶呢，我固然是没有食言。宋佳依旧是我最后一个女朋友，只是待到她毕业的那一天，娶她的人，不再是我。

（作者 / 马叛）

悉尼风光不及你

1

路脩蔼第一次见郗照垠是在一家龙虾店。

当时路脩蔼正在和一只麻辣小龙虾做斗争，就被一阵刺眼的闪光灯打扰，她嘴角流着麻小汤汁顶着一脸懵的脑袋看向光线传来的方向，伴随着“咔嚓”一声，路脩蔼这副形象算是定格在了郗照垠的相机里。

路脩蔼第二次见郗照垠是在学校的图书馆。

路脩蔼正在咬着笔头盯着吴奎的那首《泛照湖游天章》，为那句“日光溜水态，照灼无涯垠”所描绘的景色绞尽脑汁。她实在是无法想象就那么一个破湖在日光的照射下怎么就能让诗人如此感慨，洋洋洒洒就成了一首八十句的诗词。大抵是咬笔头的动作太稚气，又一次不经意被来图书馆采风的郗照垠用相机定格。

只是这一次路脩蔼眼明手快，麻利起身拽住了又要落跑的郗照垠：“喂！你知不知道你这算是侵犯别人的肖像权？咦，上次在龙虾店也是你！你该不会是变态吧？还是说你暗恋我？或者你是偷拍狂？”

郗照垠一脸尴尬的笑容，“啊？哦哦，原来你就是那天那个啃龙虾的小姑娘啊。真巧啊！”

说完郗照垠很自来熟地看了看路倏蔼翻开的书，又随手翻了翻，“哦，你叫路倏蔼呀，你在看《泛照湖游天章》？这个我很熟，因为我的名字郗照垠就取自这里面的‘日光溜水态，照灼无涯垠’，哎，你叫路倏蔼，是不是因为你的名字也取自这里面啊？我记得里面有一句‘凉飚拂倏竹，暮霭起长津’？”

路倏蔼扶额感叹：“这天下，怎么会有你这般如此厚颜无耻之人？我和你很熟吗？你爸妈可真是亲爸妈，起名字这么随便！”

2

自从路倏蔼上了郗照垠这艘贼船，人生算是大起大落了。

她被郗照垠强拉着做汉服模特，去郊外踩点拍照，最后两人双双迟到。路倏蔼捂着胸口安慰自己：是学霸拉自己出来的，自己顶多是从犯。被教导主任抓个正着的时候，路倏蔼还想着反正有学霸垫背。结果郗照垠是请过假的，于是路倏蔼一个人做检讨，好在最后郗照垠主动找教导主任替她说了话，才换来教导主任的一句：“既往不咎，但下不为例。”

郗照垠还一副救路倏蔼于水火的模样，瞬间让路倏蔼炸了毛，追着郗照垠绕着操场跑了好几圈。

于是全校人都知道了初三六班的路倏蔼在追初三一班的郗照垠，都在议论路倏蔼这个相貌平平成绩平平的女生究竟有多么不矜持。

即便如此，郗照垠依旧毫无悔意继续迫害着路脩蔼，起码在路脩蔼心里是迫害。学校里的风言风语则成了郗照垠瞎了眼鬼迷了心窍。

终于在郗照垠放学再次尾随路脩蔼的时候，路脩蔼发飙了：“你能不能离我远点啊？”

“我怕离你远了，我的心跳就慢了。”郗照垠一脸受伤的表情。

在路脩蔼歪着脑袋翻白眼的时候，郗照垠又补了句：“路脩蔼，你还不明白吗？之前的偶遇是假的，我搭讪的理由也很烂。但是喜欢你，是真的。”

路脩蔼白眼翻得更厉害了：“得了得了，你这一天给我告白八百遍，被我拒绝八百遍！”

其实路脩蔼第一次听到郗照垠说情话的时候，红了脸，正在纠结不知如何回答的时候，郗照垠却揉了揉她脑袋告诉她别怕，因为自己只是开玩笑。所以后来，他再深情再告白，她都守住心不敢让它为他跳动。

“对呀，我告白那么多次。你怎么就不能答应一下？行了，路脩蔼，我不是和你商量，而是通知你一声，从现在起，你就是我女朋友了。”

郗照垠说完，修长的手指就搭在了路脩蔼肩头。

3

后来路脩蔼一遍遍问郗照垠：“你到底看上了我什么呀？我改还不行吗？”

郗照垠每次都很无赖：“我看上了你你看不上我啊！

你改呀！”

每当这时路脩蔼脸上都会有红晕，郗照垠哪知道她和别的女生一样，暗恋学霸校草很久了呢。

自从两人在一起后，生活似乎变得比以前有趣了。起码路脩蔼再也不觉得吴奎的《泛照湖游天章》无趣了，因为郗照垠她觉得这首诗有了不一样的韵味。忙时各自上课，闲时两人一同外出采风或者窝在安静的咖啡馆他讲她听。

日子过得温柔又缠绵，而风雨也来得不动声色。

中考过后，暑假过半，郗照垠约路脩蔼出来。

郗照垠没有了以往的笑容，路脩蔼看着他的脸陷入了忐忑。

他终是开了口，短短一句话，却化为匕首插入路脩蔼心中：“我爸妈决定让我去悉尼读高中。”

路脩蔼分不清楚是因为天气过热中了暑还是因为别的，只觉得头晕目眩，攥紧拳头露出难看的笑容：“什么时候决定的？什么时候走？”

“前几天决定的，一直犹豫怎么和你说。明天下午四点走。”

“好，你要走，我祝福。你知道我不喜欢别离，明天不送你了。”路脩蔼用尽全力让自己的语气尽可能平稳。

郗照垠还要开口说什么，路脩蔼已经转身离开，却在转过身的一刹那泪流满面，拐弯后蹲在街角歇斯底里。郗照垠终究没有追上来，路脩蔼终究没有挽留。

第二天，郗照垠在乘务人员用广播催了多次“郗照垠先生请您尽快登机”后，终于放弃了等待，一步三回头去安检登机。机场石柱后面路脩蔼泪眼蒙眬，终究没有勇气给他一个拥抱一个告别。

原来，说狠话的，往往哭得最惨。

4

郗照垠走后的第二周，路脩蔼收到了一个国际快递。打开之后是一张巴尔莫勒尔海滩的照片，海滩并不如网上那么美，大抵是因为悉尼的八月气温刚刚要回暖，沙滩上还残留着冬季的萧条。路脩蔼小心翼翼地将照片收藏。

郗照垠走后的十二月，路脩蔼收到第二个快递。依旧是巴尔莫勒尔海滩，这一张照片天蓝水清景色很美，背后有郗照垠俊秀的签字：悉尼很美，只是没有你。

郗照垠的快递始终没停，路脩蔼也没有拒绝过他的快递，每次收到都苦笑一下，然后默默摸着照片盯着照片后面各种简短的话语发呆。

因为没有了光芒四射的郗照垠，路脩蔼又回到了曾经的生活状态，一个人吃饭，一个人上学，一个人放学，生活的喜怒哀乐又成了自己一个人的心事。

路脩蔼的日记里郗照垠出现的次数越来越少，路脩蔼也比之前变得更加沉默寡言。

郗照垠走后的第二年六月，因为学校成为高考考场，路脩蔼有了四天假期。

路脩蔼不顾家人劝阻，死活要利用这宝贵的四天去悉尼，家人拗不过她，又因为工作无法陪同最终给她报了团。

路脩蔼坐在飞机上感觉特别不真实，距离悉尼越近，路脩蔼内心的情绪翻涌得越厉害，看着机舱外变幻壮观的云海，眼泪不自觉迷了眼睛。

路脩蔼的眼泪以及呜咽引起带队导游的注意，最终在她断断续续的描述里，导游同意路脩蔼单独行动，只是为了安全，路脩蔼需要导游助理跟着。毕竟四天假期来回坐飞机就要一天一夜，只能给她一天时间。

路脩蔼下了飞机，跟着旅行团心不在焉走马观花逛了两天，终于等到了最后一天的自由活动。

5

最后一天一大早，路脩蔼就直接奔着巴尔莫勒尔海滩去了，看着海边萧条的景象，望着郗照垠寄的第一张照片发呆……

在导游助理的催促下，路脩蔼一步三回头地前往下一个目的地。

一路上，听着导游助理絮絮叨叨的叮嘱和鼓励，路脩蔼出奇的安静。

根据郗照垠寄的照片以及断断续续的问候，问了很久的路，路脩蔼终于和导游助理找到了巴尔莫勒尔公立学校。

因为郗照垠曾给自己发过微信，告知自己的班级，所以路脩蔼相对轻松地就找到了教室。

恰逢下课时间，路脩蔼皱着眉头在一群人中搜寻着自己的目标，终于看到神采飞扬的郗照垠给身边一群外国小洋妹表演魔术教她们说中国话。

看到金发碧眼的小哥哥用绕口的中国话打趣郗照垠：万

人迷。

路脩蔼听见上课铃声响起，转了身。郗照垠眼神瞥到教室门口的路脩蔼一怔，随即勾起唇角摇头苦笑，摸出手机点开置顶微信：我今天看到一个很像你的小姐姐，只是人家比你瘦，头发比你长一点；我一定是看花眼了，所以才会觉得像你，你离得那么远……

路脩蔼盯着手机消息，从微笑到眼泪直掉。最终回了这近一年来的第一条消息：悉尼真的像你说的那么美吗？为什么我不觉得呢？

仅一句话，就让刚才还眉飞色舞的郗照垠慌了神，不顾同学诧异的眼光奔出教室。

郗照垠一遍遍发送视频邀请，毫无回应，发出消息，石沉大海：路脩蔼，既然来了，为什么不打个招呼？

路脩蔼盯着消息，咬着嘴唇关掉了手机。

郗照垠穿过过道和操场，最终停在学校门口，望着不远处两道身影喊："路脩蔼，悉尼不美，只有你才是最美的。你一定要等我，等我回去。"

导游助理盯着路脩蔼问："不回头吗？他站在那里好孤单，就像站在海边的你一样。"

路脩蔼笑着问："那你觉得我现在不孤单吗？悉尼真的不美。"

6

回国后，路脩蔼一改往日的懒散，将刷泡沫剧的时间用来学习，将吃零食的时间用来健身。

她开始尝试着与周围的人交朋友，开始试着融入集体生活。

路脩蔼从当初的内向逐渐变得开朗乐观，成绩也越来越好，越来越像曾经的郗照垠。

路脩蔼日记里郗照垠又恢复了曾经的那般频繁。

路脩蔼写道：早恋不好，我们都知道，可是你懂那种感觉吗？就是互相陪伴彼此鼓励的感觉……

路脩蔼写道：有些人，你真的怨不起来，你只会怨自己不够努力不够优秀。

路脩蔼写道：终有一日，我要成为她们口中配得上你的人。

路脩蔼从之前习惯一个人吃饭、学习、逛街，变成了吃饭、学习、逛街身边都有朋友陪伴。

路脩蔼觉得没有郗照垠，其实那些所谓的绕口古诗词以及各类方程，也都不是那么难解了。

路脩蔼在变优秀的道路上越走越顺畅，对每一天都有了期待，希望收到来自悉尼的快递，希望高中生活尽快结束。

路脩蔼依旧会每天收到郗照垠的微信，也依旧不回复，内心暗自与自己较劲希望自己在他回来之前变成最好的自己。

路脩蔼每天都要翻一下郗照垠的朋友圈，每天都会去郗照垠的微博看一看……

郗照垠没有得到路脩蔼的任何回复，却依旧坚持每天都发微信，发朋友圈和微博，他相信路脩蔼一定会看到。

7

三年匆匆而逝，路脩蔼收到过很多来自郗照垠寄来的照片，也从朋友圈里看到了郗照垠发的各种美景，却始终没有回复郗照垠的微信。

再后来，她越来越优秀，偶尔也有人告白，只是路脩蔼心中再也容不下他人。

因为让自己变得有了信仰、变得更好的人是无可代替的郗照垠，除了他，其他人都已经在自己心墙之外跨不进来。

路脩蔼继续着一心只读圣贤书的模样，终于迎来了高考的洪流。

踏进考场前的忐忑，随着纸笔唰唰的声音最终成为坦然。

最后一科结束，路脩蔼站在考场外发呆，感慨高中结束，都还没来得及憧憬未来的大学生活，手机就不合时宜地丁零作响，一串陌生的数字在屏幕跳跃。

“喂，你好！”路脩蔼客气地问。

一阵沉默。

“脩蔼，悉尼很美，只是没有你一切也都失了色彩。”是她熟悉的声音。

路脩蔼突然红了眼眶，失了阵脚，他终于要回来了吗?

路脩蔼想要号啕大哭，庆幸自己终于等到他，也庆幸自己没有辜负自己的期望以及别人的期望，却听到郗照垠的声音在身边响起：“我回来了，我想你了。原来悉尼风光不及你。”

一句话就让路脩蔼缴械投降眼泪决堤，她毫不顾忌周围人的目光，奔向郗照根，而郗照根的怀抱早已张开……

（作者 / 糖小忧）

原来那天的阳光

1

早上，荣宝踩着铃声连滚带爬地进了教室，还没落座就扯着她那大嗓门苦大仇深地说："在冬天，起床就是一种会呼吸的痛。"

"你左眼角还有昨晚的残留物。"我直言不讳。

荣宝不声不响地坐到我的旁边，一张大饼脸就这么凑了过来，双颊上可爱的雀斑清晰可见，"我都还没刷牙没洗脸呢！"她不屑地说，把脸又凑近了一些，问："很明显吗？"

正说着，我看到班主任站在门口，眼睛斜视着我这个方向。他脸上表情淡然，看不出情绪的面容就像化骨绵掌能杀人于无形。

我随手拿了一本书假装诵读，混着琅琅书声，嘴里念着："班主任来了，注意，班主任来了！"说完直接就接上了"曲曲折折的荷塘上面，弥望的是田田的叶子……"

荣宝收到我的暗号懒洋洋地挑了一本《中国近现代史》，摊开立在桌上，将头埋在了书后面。当然，眼睛是闭上的。

早自习快要结束的时候，荣宝醒了，一脸沮丧地说："我现在又冷又饿。”我把书包里用来当早饭的一根火腿肠递给她。她一边吃一边含糊不清地说：“味道不错，烨灿，下次我双倍还你。”

“下次”，这话我听得多了，下次你不抢我的就不错了。我心里这样想的时候，班主任幽灵似的从荣宝后面将她手里的半根火腿肠快速夺了去，扔在地上，指着她怒斥道：“我在窗户外盯你很久了，作风散漫，上课还吃东西，毫无纪律观念。午休时去办公室给我写检讨！”

荣宝没有出声，将嘴里没来得及咀嚼的火腿肠咽了下去。

班主任刚转身她就活了过来，说：“扔在地上就好了，还用脚踩，难道还担心我再捡起来吃吗？真是！”她噘噘嘴，翻了一个白眼。

我笑：“你没准。”一本书就向我飞了过来，我收敛了大半笑意做出防护的手势，书擦过我的手掌，书页纷乱地飘在地上。我想跟她同桌久了会不会打通任督二脉，实现童年时练就一身盖世武功的梦想？

2

当然，我武功没有学会，倒是借她的光免费看了很多小说。荣宝不是走读生，却总能从校外收罗到各种书籍。事实上，那些书无非就是一些打打杀杀或哭哭啼啼。我自己也不知道为什么上课那么热衷于看小说，似乎那种与天斗与地斗与老师斗其乐无穷的心理远远胜过了小说的具体内容。

荣宝教我在自习课偷看小说的各种法门。她说，你把小说摊平放在桌上，下面垫一本教科书，最关键的是右手要拿一支笔不时地在小说上面画画写写，偶尔还得做冥思苦想状，表情嘛，最好能像蹲马桶上便秘般痛苦纠结，这样一来老师就以为你在做习题。

我按荣宝的方法被抓到的概率果然大大降低，但还书的时候押金被扣得所剩无几。原因是被我看过的小说上面都画满了歪歪扭扭的线条。

荣宝回来拎着我的耳朵就骂：“说你是猪，都侮辱了猪！”

我不服气地嘟囔：“不是你教的吗？”

她暴跳如雷：“假装！不是叫你真画，懂吗？”

就这样，我和荣宝同样在偷看小说的时候假装做习题，可每次数学考试她的分数总是甩出我好几条街，这让我绝望到不得不承认学习是需要天赋的。

十月，学校的梧桐叶仿佛一夜之间全黄了，没完没了地往下落。月考结束后，数学老师叫我去办公室。她手里拿着我们班的总成绩单，说：“数学多死，就那么几个公式套来套去。你怎么就学不明白？拿出你爱语文的一半感情来爱数学都不会这么差！”她说着将成绩单砸到了备课桌上，粉笔灰膨胀开来在空气中此起彼伏。

拿出一半的感情？我心里苦笑了一下，对数学我就差把心掏出来给它了。

荣宝听我诉苦完安静地说：“你要学会运用公式和掌握解题思路，而不是死记老师板书的例题。”然后笑笑，一脸无辜的样子，让人觉得安心。

这时我突然就想到了阿狸说的一段话：“我喜欢香蕉，可是你给了我一车苹果，然后你说你被自己感动了，问我为什么不感动。我无言以对，然后你告诉全世界，你花光了所有的钱给我买了一车苹果，可是我却没有一点点感动，我一定是一个铁石心肠的人！我的人品确定是有问题的！可是，我只是喜欢香蕉而已啊。”

我想也许我爱数学的方式有问题。

每次听荣宝讲完我都若有所悟，甚至有那么一瞬间感觉自己锈死的数学细胞被佛祖普度而灵光乍现，可真到做题的时候一切都打回原形，不会的还是不会。我这才残酷地意识到，现实中没有佛祖。

做一道题，同一种做法，换个数字或问问题的方式我就不会做，愚蠢到令自己痛恨的地步。当我与它纠缠近半个小时而终无所获后，我选择了放弃。我认为与其在这周旋，不如去背背文史题。长此以往，最后导致的结果是数学越来越差。

根据一个桶能装多少水取决于最短的那块板的原理，我的总体成绩在班里处在中等水平。既不是张贴在榜上的学习楷模，也不是拿出来挖苦的对象，仅从成绩单上的数字看，我很安全。

其实这是一种尴尬的处境，就像一个病入膏肓的人久治不愈，一口气吊在嗓子眼，不死不活的。你既不能动手掐死他又不能对他放弃治疗。

秋天慢慢过去，天气渐渐地冷起来。不久，落了一场雪。雪的到来使冬天的一切变得那么阴沉。

快期末的时候，模拟考试越来越多，好像我们的价值只有通过那些薄薄的试卷才能体现。我和荣宝不谋而合地倾注更多的心思在学习上。当一个人在认认真真付出的时候，对结果就有了更多的期待，心情总是随着高高低低的分数上上下下，老师一句鼓励的话就能激动半天，我们的快乐就是如此廉价而简单。

经常做试卷，棉袄的袖口被铅灰逐渐蹭黑，我们一边骂骂咧咧一边在试卷上涂涂写写。

期末考我和荣宝考得一塌糊涂，差到我认为去谈梦想是件很奢侈的事。我们都是不愿服输的人，结果输得比谁都惨。

3

除夕，荣宝打电话来跟我说新年快乐，语气雀跃而温暖。我积极应和她，临挂断的时候吐出一句：“荣宝，我感觉撑不下去了。”

大概受了我的影响，她的声音显得有些慌张，“再忍半年分科就好了，你看我不也是被文史政拖累吗，没事儿。”

我故作生气地笑笑：“小学六年级的时候，老师说咬咬牙考进初中就好了，中考说撑进高中就解放了，可是现在呢？”我的声音有些暗沉无力。

荣宝打断我的讲话：“分完科，你就能如鱼得水了。等考上大学，你就有大把时间干自己喜欢的事。”

准确来讲我是被她最后一句打动了，我期待那种策马奔腾的自由，脑子里的幻想充盈到泛滥。

开学那天，我还在走廊里，荣宝就将头伸出窗户没心没肺地向我招手，早春的一抹阳光照在她脸上，煞是好看。

接下来的日子，荣宝给我补数学，我给她补英语。吵吵闹闹互相骂彼此笨，然后又互相激励对方。

我和荣宝就像两个瘸子，各自坏了一条腿，但是搀扶在一起，她一步我一步居然也在向前。我数学成绩像窗外的阳光有着轻微的回暖。慢慢我悟出了：你可以不会，但不可以不学。

天气越来越热，空气中开始弥漫着好闻的栀子花香。学校放出风声，按本次期末考试的成绩将在文理科里面各分出一个重点实验班，所以大家都暗自发功，挑灯夜战。

我早就下定决心，生是文科的人，死是文科的死人。而荣宝，她数学那么好，兴许是已经做了决定。对于离别，我们心照不宣。

期末考，荣宝就坐在我前面，有人开玩笑说你们互利互惠一下就能一起进实验班了。考数学的时候，荣宝用后背轻轻叩击了几下我的桌子，偷偷递来一张纸条。我接过，心里竟有种强烈的挫败感。我直接把纸条揉进兜里，整场考试都低着头，把试卷上面写得黑压压一片。不会的也写上各种公式，因为我记得老师说过不要留白，只要见字，判卷老师也许能给点人情分。

很快，文理科分班名单贴在了宣传栏里。意料之中，我没有在文科实验班找到自己的名字，却在里面看到了“荣宝”两个字。

晚上荣宝拎着一袋水果来找我，彼时天气微凉，暗蓝色天光随着晚风渐渐变暗。我们在香樟树下的藤椅上默默地吃完了三个苹果，最后荣宝还是没有忍住，问：“烨灿，怎么回事？你进文科实验班应该是没有问题的。”

我顿了顿，说：“我没有抄你传的答案。”

荣宝仰起脖子，定定地看着我，然后顶出一声“唔”，语气犹疑。

“你这样做让我觉得很伤自尊。”我情绪有些失控。

荣宝微微蹙了一下眉头没有说话，她的目光游离在被她啃得像个腰鼓的苹果上。良久，她才挤牙膏似的挤出一句：“对不起，我只是想和你一直做同桌。”

听着她心虚和歉意的语气，我隐约有些怅然，心里明明有很多话却找不到回应的措辞。枯死的树叶落下来划到脸颊，留下轻微的疼。半晌，含在嘴里的话吐出来也不过是一句：起风了，我们走吧。

时间的残忍与冷漠就在于：走吧，不许停，没法停！

4

寒风凛冽中又是一年圣诞，我在遥远的北国和大学室友走在去K歌的路上，大街小巷放着欢快的圣诞歌，我怎么听怎么觉得伤感。原来有些痛没有伤口没有血，却真的很痛。

突然，灰蓝的天空飘起了雪花。我想起高一圣诞节的时候外面也是飘着这样的白。班级弄了一个小型晚会，我和荣宝在前面合唱了一首小安的《给郁结的诗》：

我喜欢站在未完工的两广路上喊你的名字
除你之外我对眼前的整座城市一无所知
我热爱你的心灵就像是那个下午的阳光
我喜欢走你走过的楼梯由下到上

那个夏天在我记忆里犹如一幅空白的画

你送我的橡皮在我送你的白纸上轻轻涂擦
我背向你用手中湿润的杯子去接取太阳
然后紧闭双眼默默地想你穿裙子的模样

是不是给你的诗将注定了一辈子的忧伤
昨天我坐在未完工的两广大道上想你的时候
已经冬天了
天上看不见风筝
只有夏天断线的几只
远成了星
和你的眼一般明亮……

那时，她将头发自然地披在肩上，脸庞在彩纸与气球的映照下有着好看的光晕。歌曲高潮处她转头望向我，露出一个无声的笑容，像谁在水面上吹了一口气。

我脑海里像有鸟雀轻轻扑腾着翎羽，跃起丝丝旋律。高一军训休息的时候，大家三五成群地坐在树荫底下嬉笑逗闹。午后阳光蒸腾起香樟树淡淡的香味，有点闷热，我坐荣宝身边，她一句一句教我唱这首小安的歌的场景清晰起来。彼时眉宇之间那股锋芒毕露的张扬早已像一行语焉不详的断句，日子不经意间拐过了很多弯。

可是，荣宝，你一定不知道，这些年我学会了好多歌，但就这首唱得最好听。

（作者 / 迪恩）

我喜欢的人撤回了一条消息

1

前些天我在网上看到一则帖子，是讲日本漫画的，想起之前和大雄先生聊起过这个，就顺手分享给他。没想到从不熬夜的大雄竟然秒回我。

“哎，你怎么还没睡？”

“天，你怎么还没睡？”

差不多是同时点下发送，我盯着屏幕嘿嘿傻笑，觉得我们之间的默契也是没谁能超过了。

上次聊天大概是半个月前，他平时工作忙，我也在复习考试，虽然经常在考试压力大的时候，想同他聊聊天，但好多次明明鼓起勇气，想好话题，编辑好内容，却在点发送的一瞬间打了退堂鼓。

我感到自己有些过度依赖他，像是吸了一种精神鸦片，哪怕对方只是回了个笑脸，我都觉得像是中了五百万那般欢欣雀跃，所以总是情难自抑地想和他说一句，再说一句。即使只是单纯的丝毫不带暧昧情愫的聊天，都会令我上瘾。

好不容易遇到他主动愿意和我谈话，我自然要抓住这个机会。我赶忙问：“你今天怎么熬夜了？”生怕回得慢一些他就下线了。

被我抓到的大雄先生说：“今天心情不太好，和同事出去喝了些酒。回家觉得没喝够，又把家里存的翻出来喝光了。”

“那现在是醉了，还是清醒的？”

“当然是清醒的，特别清醒……”

那趁着你清醒，我和你告白吧。

这个可怕的想法一经脱出，就像冲破心闸的小鹿，在胸膛不停乱撞，我赶紧把手机放到身边，生怕自己一个不留神，就被指尖出卖了内心。

我这边半天不说话，他大概是以为我睡了，发了个兔斯基拉被子睡觉的表情。

“我……我还没睡，刚才……洗了把脸。”我撒个了谎，总不能说出自己在挣扎要不要和他告白吧。

“嗯，不过女生还是别熬夜了。安心睡觉吧，好梦。”

然后就再也没有回复，原本我想问问他，是不是有心事，或者有什么烦恼，我甚至还在纠结自己应该在午夜开启哪种模式。

比如说，也许我可以装得嬉皮笑脸，叫他找个女朋友，如果他有这个意愿，兴许我能自荐。如果他回绝了，我还可以给自己留个台阶，不至于那么尴尬。

我忽然觉得他不再回复，是最好的结果，就像我无数次想找他，最后却只是静静地围观他的朋友圈。

也许没有交集，就是最好的距离。

2

我考完试后，收拾行李回家。回家的路上，意外地发现了那家和大雄先生曾经约好要一起去吃的参鸡汤店。

那还是去年的冬天，难得下雪的城市，下了很大的雪。我们早在半个月前就约好了那顿饭，但那天的雪真的是太大了，我穿了最厚的大衣，站在路灯下等他，依然冻得嘶嘶哈哈，不住搓手希望能够摩擦取暖。

我以为他不会来了，毕竟离约定的时间，只剩下不到五分钟。放眼望去，偌大的广场尽头，一个人都没有。漫天鹅毛般的飞雪，好像直接飞舞在我的心里，我的心里空荡荡的还有点冷。

我猛力地跺跺脚，想要跺走低落与不甘心，心想："毕竟外面的雪那么大，而我之于他并不是什么重要的人，所以他不来也很正常啊。"

还有一分钟，广场的尽头依然不见来人。人家都恨不得躲在室内，唯独我傻兮兮地站在路灯下，快要冻成冰雕了。我掏出手机，想给自己留个面子，毕竟女孩子被放鸽子太伤自尊了。

"我今天忽然有点事，不如饭局就取消吧。"

你看因为没有名正言顺的关系，连一起吃饭，都只能叫"饭局"而不是"约会"。饭局听起来真是别扭，好像是一堆肥肠满腹的大胖子，坐在一起相互灌酒。

正这样想着，手机铃声响了，我看到广场尽头出现一个人影，哪怕没戴眼镜，看轮廓我也知道那是谁，我的嘴角抑制不住地扬起。趁着大雄先生离得尚远，我赶紧转过身背对他，激动地嘿嘿嘿傻笑，又蹦又跳。

等他走近了，问我怎么不接电话，还有在那里一个人乱蹦什么。

我已经收起了笑容，装作酷酷的，把手插在衣兜里表示："没什么啊，只是太冷了，我蹦两下热身。"

然后我看到大雄先生从衣兜里掏出两个大号的烤地瓜，还冒着袅袅的热气。他赶紧塞到我兜里一个："捂好了，可别露出来。我早就出来了，就是看到路边有卖烤地瓜的，结果烤了这么长时间，冻死我了。"

之前所有的负面情绪一扫而空，我装作不以为意的样子："那你好傻哦，既然没有烤好的你就不要买呀。"

大雄先生想说什么，但最后什么都没有说，只是跟着我傻笑。我俩一人兜里揣个烤地瓜，捂在手里好像全身都暖和起来。

我一直在等着他那句欲言又止的话，也许他想说的是："但我怕你冷，这样还能暖和一点。"我在脑子里把这句话千回百转了一遍又一遍，最后还是没控制住自己，就想证明是不是我太自作多情。

我问大雄先生："那你买烤地瓜干吗呀？"

他狡黠一笑："你猜。"接着自己说出答案："因为他家烤地瓜甜啊！"

看吧，他一点都不喜欢我。

3

后来我们走了好远才发现路的方向走反了，我几欲崩溃。大雄先生说："没事儿，当饭前消食儿了，一会儿还能多吃点。"

我无语凝噎："我中午饭还没吃呢，这会儿都开始消耗脂肪了。"

"那我这儿还有个热乎的烤地瓜你要不要？"他问。

那天我们到底没有吃到参鸡汤，最后冻得不行，就随便找了一家火锅店吃了。我往锅里下羊肉的时候，和大雄先生说："可惜了，早知道打个车去，司机肯定知道路。"

大雄先生说："没关系，以后有的是机会。"

听他这么说，我又忍不住乐起来，像个神经病。我心里想的是，可以有更多和他独处的机会。喜欢一个人真是藏不住的情绪，哪怕表面上装得再云淡风轻，也总是会因为对方的一点小举动，立刻破功。

然而，我表现得这么明显了，大雄先生依然没有任何表示，还能再找什么证明呢？

我们彼此心知肚明，我喜欢他，可他不喜欢我。

既然如此，我就没有必要自讨苦吃去和他告白，我不是怕告白后不能和他做朋友，分分钟都想把对方占为己有的感情，已经超出朋友的定义了，这点我老早就知道。我是个拉不下面子的人，我怕自己和他告白失败后，他拿这个当作笑柄，虽然我知道他不是这样的人，但像我这么喜欢胡思乱想的人，还是给自己留条后路最为稳妥。

扎西拉姆·多多说：除非铃兰，不愿在你经过的路旁开放，否则，我不说；除非月光，不再在你温过的酒里徜徉，否则，我不说；除非手指，不能在你读过的书上旋转，否则，我不说；除非，你一眼就把我看穿，否则，我不说。

除非到了你和我告白的那一刻，否则我打死都不说。虽然喜欢你却不能和你在一起的感觉，心痛死了，和死了差不多。

再次看到那家参鸡店感觉好像已经过去了很久，可是不过隔了一年而已。去年的冬天下着大雪，而今年的冬天不太冷，一片雪花都没有。那时大雄先生走在我身边，现在我们却相隔几座城市的距离。那时他刚刚毕业，如今我毕业了。

什么都变了。

唯有一点没变，那时我喜欢他，如今我依然喜欢他，而他依旧不喜欢我。

4

在大雄先生祝我好梦之后，我关灯拉被，准备睡觉。往常头一贴枕头立刻入睡的我，今天却躺在床上辗转反侧，也不知大雄先生的好梦是不是开过光，让我难以入睡。

终于在感觉折腾了快半小时后，我忍无可忍地又把手机翻出来。一看时间，原来才过了十三分钟。

求之不得，寤寐思服。悠哉悠哉，辗转反侧。

反正也失眠了，我打开微信，从头开始读和大雄先生的聊天记录。第一条是去年的冬天，我们打算去吃参鸡汤。

原来他发了准确的地址给我，但我光顾着兴高采烈地和他聊天，没有注意到。

既然他知道，怎么会任由我往错误的方向走？

后面是他毕业离校那天，他说有些毛绒玩具问我要不要。我回复的是，我哪有那么少女心。但没注意到的是，他说的毛绒玩具，是我当时吵嚷着想买的“种花家”兔子。

再往后看，虽然我们好久都不曾聊天，但他会在睡前，发一句“晚安”。时间都很早，照常理讲，那个时间我还在刷朋友圈，看视频，怎么会那么早睡觉啊！

那这句“晚安”会不会是他想和我聊天的引子，毕竟……我是说完晚安后，还能再聊一小时的人。

手机忽然震动提醒，有新消息。我赶紧划到最后。

大雄先生刚刚说：“你还没睡吧？

“哦，看来是已经睡了。

“那快翻个身吧，一会儿口水都要流到被子上了。

“呃，也没什么事儿，我睡不着扰扰你。

“其实我今天不是心情不好，但喝酒是真的。哈哈哈，你知道的喝酒壮胆嘛。

“我……很喜欢你。”大雄先生终于发来了这句话。

我盯着手机屏幕百感交集，眼泪已经先我一步做出反应。正不知道怎么回复，我忽然发现对方竟然把消息撤回了。

我忽然想起，在之前的聊天记录里，也有好多晚上撤回消息的提示，那是我没看到的消息，我这才恍然大悟。

“你白痴啊！撤回我就看不到了吗？”我发语音咆哮过去。

然后温柔又虔诚地加上三个字：“我爱你。”

（作者／桃啃笙）

过季男友

故事倒过来讲就不那么悲伤了。

6

你说把爱渐渐放下会走更远，

或许命运的签只让我们遇见……

路过酒吧的豆豆停下了脚步，里面传出来的声音时断时续，但她肯定那是罗宋的声音。

“这次回喜乐镇，我带来了自己的新专辑《过季男友》。曾经有个姑娘告诉我，爱情就像应季的蔬菜瓜果，过季以后就再也没有味道。我一直想告诉她，过季的蔬菜在来年的这个季节还会有，过季的爱情换个季节也可以重新开始。一生只爱一人固然很好，如果不能，还要有寻找下一个的勇气。今天我唱这首她最喜欢的周杰伦的《不能说的秘密》，希望她某天路过的时候正好能听到，让她知道有个人还愿意为她唱歌，而她真的可以放下那过季的爱情……”

酒吧门被推开，坐在吧台的罗宋抬起头与温婉微笑的豆豆四目相对。

“好久不见。”

5

十月底的海边逐渐萧瑟，沙子是冰凉的，海水是冰凉的，风也开始变得凛冽起来。过了旅游旺季的喜乐镇，一日比一日安静，唯一没变的只有人们始终温和的笑容。豆豆坐在冰凉的沙滩上画着不远处礁石上垂钓的渔夫。笔尖在纸上划出的沙沙声，很有夏天的感觉。

罗宋走过来，给豆豆披上一条薄毯子。

“天气越来越冷了。”

“是啊，夏天彻底离开了。”

罗宋在豆豆身边盘腿坐下，他喜欢这样不远不近地看着豆豆画画。

“比起夏天你应该更喜欢喜乐镇的冬天吧，荒凉又温柔，很像你的性格。”罗宋说。

“都还好吧，夏天虽然吵闹，但你知道我对热闹的态度向来是置身事外的。”

豆豆的视线没有离开画板，她没有察觉到身边这个男人脸上的犹豫和惆怅。

“喜乐镇真的很美，但我不得不回去工作了。”

“今天就走吗？”豆豆还是没有抬头，罗宋要走只是迟早的事，她一点都不意外。她从来没有觉得他是个普通的流浪歌手，要靠卖唱支付旅行费用，说白了，流浪歌手不会奢侈到在喜乐镇租一整套海景公寓。

“下星期。”

豆豆没有再接话，罗宋有些失望。她从不问他做什么工作，不问他的过去将来。一起同住的几个月，她会在做早餐的时候为他做一份，会作为导游带他去喜乐镇最适合看风景的地方，会为他拍照画肖像，会跟他讲她的过去，但对他的事情显得毫不关心，连一点点好奇心都没有。他觉得她整个人都散发着一种荒凉的气息，没有人能真正走到她的内心。可是为什么她会愿意告诉他，那些让她变得荒凉的往事？

罗宋是个普通歌手，没有什么名气，安静地作词作曲带着吉他旅行。豆豆是个不知名的艺术家，绘画摄影，做自己的工作室，赚够花的钱。但四五个月下来，他们好像没有机会去了解对方的这些事情一样。

罗宋走的那天，豆豆没在家，餐桌上还有她留给他的三明治和热咖啡。他给豆豆发信息：“钥匙放在门口的牛奶盒子里。替我谢谢爷爷。”

“好的。一路顺风。”

“豆豆，你经历的只是大多数人都会经历的一部分，放过你自己，或许真的有更好更适合你的人。”

“我知道，谢谢你。”

罗宋坐在离开喜乐镇的班车上，看着豆豆给他的回复，心想：你知道你知道！你总觉得自己什么都知道，可你知道什么？！你除了为难自己还知道什么！

直到车子开进城，罗宋对着手机默默念——保持联络，后会有期。他知道豆豆根本不会主动跟他联络，所以他没有把这句话发给她。

罗宋走后的第一个晚上，豆豆一个人裹着毯子躺在露台的躺椅上，看着身边空缺的位子，开了最后一瓶去年夏天酿的葡萄酒。

咸咸的海风吹得她眼睛有些酸涩。她翻出F先生的号码。三年了，她在无数个夜晚翻出他的电话，却每一次都压抑住了自己的冲动。她不敢打给他，她害怕冰冷的女声提示她无法接通，更害怕电话接通后那个熟悉的声音里厌恶的态度。

> 我终于遇到了更好的人，可我发现自己只配喜欢你。有时候我想好好爱你，退出，成全，忘记，都可以。有时候我特别恨你，恨到想犯罪。可我除了弄死我自己，甚至没有力气去伤害别人。

她在记事本里写下这样一段话，却没有勇气拨打任何一个人的电话。

罗宋或F先生。

4

九月的喜乐镇还沸腾在夏日的余温里，这是个春秋季节短暂到让人忽略的海边小镇，在豆豆看来喜乐镇只有冬夏。九月的空气依旧潮湿黏人，街上的游客不知疲倦地闲逛。豆豆和罗宋窝在屋里看电影《不能说的秘密》。

“看了很多遍才发现，这是一部穿越片。电影的结局真好，路小雨等到了叶湘伦，而同名主题曲的MV里，周杰伦一个人在海边弹琴，没有等到他想等的人。”豆豆说。

“我以为这是一部音乐电影，每首歌都应该有一个故事，需要那些琐碎的画面来诠释歌曲隐藏的深情。但我从不觉得音乐要传达于人的是等待与痛苦。不过我个人也比较喜欢 MV 里的故事，毕竟生活中大多数人都等不到自己想等的那个人。”

豆豆不懂罗宋在说什么，他经常一个人面对着大海旁若无人地弹唱，也会不定期去几家酒吧驻唱。音乐好像是他全部的生活，就像画画和摄影是她全部的生活一样。

八点刚过，暮色四合，空气稍微冷静了两度，风拂面而过，有些许凉意。豆豆带罗宋去了她的秘密基地。那是后山一个废弃的亭子，山路难走，几乎没有人爬上去。夏季的亭子周围杂草丛生，站在亭子里无论往哪个方向看景色都很迷人。他们面朝大海而坐，在黑夜里感受着大海的气息，不远处喜乐镇温暖的灯光叫人舒服。市区强大的光源在他们的身后，让半个天空在夜里都是朦胧透亮的。

豆豆说：“在这里可以把整个喜乐镇尽收眼底。白天过来看到的海会更宽阔，那种宏伟又怡人的气魄真是如诗如画。”

“你经常来这里吗？”罗宋问。

“以前经常来，后来……”豆豆顿了顿，“我以前带他来过。后来我就不来了。”

“你还爱着他。”罗宋肯定地说，“真羡慕他这样的人渣能被你这么好的姑娘惦记着。”

“我没有。那些都是过去的事情了。”豆豆说。

“你爱他，甚至还在怪他怨他，可你从来都不敢承认。你不断地欺骗自己，你放下了，你释怀了，你忘记了。可是你什么都记得，记得他怎么强行占有你，记得他亲吻你时口腔里的味道，记得他指尖划过你发间的温柔，记得他教你做过的菜，记得他怎么一夜之间就毫无征兆地和你断绝了联系……在你那短暂的恋情里，关于他的事情你记得的实在太多了，多到你自己都无法察觉。”罗宋看着夜色里这个美而不自知的姑娘，说得越来越激动。

“咳，你有些咄咄逼人了。”豆豆并没有生气，只是委婉地提醒罗宋有些失控。

面对豆豆的气定神闲，罗宋更加气急。他从她身边站起来，不知该如何点醒这个姑娘。他略过豆豆的提醒，接着说：“如果你真的已经释怀，那么三年，为何没有交往新的对象？不要再告诉我，你没有人喜欢。你漂亮，知性，独立，追求你的人一定不少。”

豆豆没有回应他，像是自顾自地看风景。罗宋继续道：“你说你一辈子只想要爱一个人，如果那个人辜负了你，你就孤独终老。那不过是因为你懦弱，你接受不了感情的失败，那个爱你的人不爱你了，你会觉得不可思议，你没有一点点能力去忍受感情里的不忠诚。你表面上什么都过得去，没有什么坎是你过不去的。就算失恋了，也没有人能看出你有什么不对劲，你还是保持着温柔完美的微笑，没有找任何人哭诉，没有以任何一种不正当的方式发泄过，你过得很好，好得不能再好，好得不正常，但你内心深处从未真正放下过这件事情，从未真的遗忘过他……”

“够了。你要我怎样呢？你要我哭吗，还是去寻死？你这么来回地在我身边晃悠，我快晕了。”顿了顿，豆豆继续道，“我带你来我的秘密基地是想把最好的喜乐镇美景分享给你，你真的不要坐下来安静地看一会儿夜色吗？”

看着不远处的灯火，听着此起彼伏的海浪声，闻着大海的味道，豆豆面无表情地思索着罗宋的话。其实他说的不是不对，只是她不喜欢这样被人赤裸裸地剖析，像是剥去了衣服扒开了内脏。

三年了，她不哭不闹，没有要死要活，没有宿醉抽风，没有抽烟消沉，也没有到处哭诉，甚至从未有过情绪失控，但她内心无时无刻不在被那段失败的感情，和那个没有任何解释就离开她的人拉扯着。

两个人没有再说话，豆豆看着夜空，罗宋看着豆豆，强忍住想在她的头发上亲吻一下的冲动。

第二天，罗宋去了喜乐镇唯一一家全年无淡季的西餐厅kiss me。他切着二十四小时低温处理的招牌牛排，然后招手对服务员说：“麻烦转告你们的主厨，虽然你们采用的是澳洲进口的顶级牛肉，用的是最新的处理技术，但依然能闻到主厨手上余留下的人渣味。想做出美味的食物，让食客有亲吻般的享受，做菜的人一定要善良友爱，只有爱能让人吃出你们老板想要传达给食客的感觉。还请你们的主厨做菜之前先学学怎么做人。”

3

七八月份的喜乐镇对于豆豆来说，糟糕透了，整个人都像闷在蒸笼里，从海那边吹过来的风都是滚烫的，那些泡在海水里的人像是都在等着水开的饺子，水开就能漂起来。豆豆不懂人们为什么会喜欢在这个季节到喜乐镇来度假。

豆豆前几个月在院子里种的黄瓜生菜西红柿已经陆续可以食用。她把吐司切片烤好，均匀地涂抹上花生酱，放上切片的生菜西红柿黄瓜，加上煎蛋和培根，最后对角切成四块放在盘子里，跟餐厅里做的一模一样。罗宋在旁边看着拍手叫好，在这之前他们连续吃了一星期的乱炖。

“吃吧，绿色无污染，天然无公害。”

罗宋问豆豆：“会种菜还会做菜，会做些家常菜也就罢了，居然还会做西餐，你这么厉害师出哪家啊？”

豆豆没有理会罗宋的问题，而是说：“一会儿我们去买一些意面牛排，你想吃的话我们可以随时做。不过我一个人的时候还是更喜欢乱炖。”

“哇。你居然这么厉害。跟谁学的？”罗宋又一次问道。

“前男友教的。”罗宋不知道这个话题怎么接好，但豆豆自顾自地说，“或许也不能算是前男友。与其说是爱情，不如说我只是遇到了性。”她尴尬地笑笑做无所谓状，往嘴里送了一片生菜。

罗宋问道：“心理学上说，与人谈论失败的恋情，能帮助当事人重新定位自己。你愿意聊聊吗？”

豆豆想，聊聊就聊聊吧，这么长时间了她从未对任何人提起这件事情，但她每天都想着。而眼前这个男人，感觉是值得信赖的，最重要的是他身上带着一种陌生的安全感。于是豆豆讲起了她与 F 先生的故事。

豆豆大学毕业那年，因为考研没有马上找工作，在喜乐镇唯一一家没有淡季的西餐厅 kiss me 兼职做服务员。因为她英文比较好，几乎包揽了店里所有接待外国人的工作，所以前厅主管很喜欢她，给她的时间空间也相对自由。作为吃货的豆豆总是在空闲时间偷偷溜进厨房让师傅们教她做菜。师傅们累了一天大多没人理她，只有一个小男孩耐心地教她怎么烤面包，怎么煎牛排。

在读研究生的前两年，豆豆假期都会到那家店里做假期工。她每次去厨房小男孩都对她很热情，她私下也偶尔会和小男孩聊天。男孩一直倾慕于豆豆。

后来豆豆不再去做兼职了，她以为和男孩的关系就这样到此为止，但是男孩隔三岔五就会在微信上问候她，休息的时候会做她喜欢的披萨给她送到市区。这么过了大半年后，男孩终于在电话里表白了。她二十五岁前拒绝过很多人，没有任何负罪或后悔，活得坦荡，但她没有办法拒绝这个二十二岁的孩子。这个两年多来她看着一点点长大的孩子，她看不出哪里是虚情假意。

她接受了这个孩子，这是她的第一个正式交往对象，她希望这也是最后一个。所以她叫他 F 先生。

表白后的第一次见面，他带她去了宾馆，他在关灯之后亲吻了她，轻易地就控制了她的身体。她强忍着来自身体生涩的不适感和求救信号，以为所有爱情都是这样开始的，在享受爱的甜蜜之前都要经历这样撕裂般的蜕变。

豆豆全心全意地投入到了这段感情里，给 F 先生买礼物，没事就往喜乐镇跑。只是恋爱后的 F 先生却总是很忙，上班很忙，下班很忙，豆豆追问他就生气。在某个喝醉的夜晚，F 先生打给豆豆说了分手，他说："算了吧，就这样吧。可能我喝醉了我们之间才发生了点什么。"

听到F先生的话，豆豆指甲生生抓破了床单，她不相信那是曾给过她甜言蜜语的男孩子说出的话，她不相信自己万里挑一选中的爱情只在短短的二十天里就结束了。她想方设法让自己冷静下来，她仔细地分析，自己是否真的需要这段感情，有没有必要去挽回。

一个月后豆豆决定挽回这段感情，她到西餐厅kiss me找到F先生，他说是我不好把工作上的火都发在了你身上。他们在大街上拥吻，第二天她在他的亲吻里醒来。他亲吻她的额头然后出门上班。豆豆回到市里后，一整天没有F先生的消息。晚上她打电话给他，却是冰冷的女声提示她电话无法接通。

F先生删掉了豆豆所有的联系方式，从此在她的生命里销声匿迹。

这个表现太明显，豆豆从此没有再纠缠。

2

罗宋听着豆豆平静的叙述，用叉子把盘子里剩下的三明治插得稀巴烂。

“这个人渣。你为什么没有拒绝他？”罗宋愤愤不平地问豆豆。

“我以为他爱我。两年多，我从来没有遇到一个人会喜欢我这么久。”豆豆坦荡得像是在说别人的故事。

“他现在还在那家餐厅工作吗？”

“或许吧，前两年听说他升了厨师长。或许已经娶了老板的女儿，或许已经在去年的台风里死了，尸体在水沟里泡得跟死猪一样。鬼知道呢，后来想想我其实蛮恨他的。”

“那你为什么不再找一个呢？”

“你们男人总希望女人把你们当英雄膜拜着，但你们表现得一点也不英雄。”

“你不了解男人，你也不了解爱情。”

豆豆拿起一块生菜说：“你看这生菜西红柿黄瓜，市场上一年四季都有卖，但事实上呢，过了季节，这些蔬菜就食之无味，蔬菜一定要吃应季的。爱情也一样，过了那个季节就不是那般滋味了。

“我妈从小衣食无忧，被我外公宠上了天。但是她爱上了当时是打工仔的我爸爸，在我外公外婆的反对下，他们私奔回爷爷奶奶家生下了我。我外婆震怒，嫌我妈丢人，与她断绝关系。我妈在村里什么农活都不会干，受尽村里人嘲笑，但我爸爸不在乎，什么都不让她干。他们就这样清苦地相爱着，直到出车祸一起死去。后来外婆去世，外公心疼我，叫舅舅把我从爷爷奶奶那里接了过来。

“我想要的只是一段纯粹的感情，一生只爱一个人，就算不能天荒地老，也要真真切切地爱过对方，像我爸妈那样。而你们男人根本不懂爱情。”

沉默良久，罗宋道：“你想要的爱情太难了，在这个浮躁的时代，那只是可遇不可求的。”

“不可求就不可求吧。孤独终老未必就是坏事。这是我去年自己酿的葡萄酒，你尝尝，就藏了三瓶。”

他们喝着酒，从黄昏到夜晚，从厨房到露台，从豆豆的F先生到爱情，从互道晚安到一起去海边晨练。

罗宋说：“你真是太相信爱情了，太相信爱情的人不会幸福。”他拿出吉他弹唱他们都喜欢的周杰伦的歌。她偶尔举起相机拍下他认真的样子。

1

六月是喜乐镇最美的时节，褪去寒冬的外套，海水澄清，微风不燥，空气新鲜，湿度与温度正好。海边那些死寂了半年的商铺，复活速度与气温成正比。豆豆喜欢在这个季节回到喜乐镇来住一段时间，她喜欢远远地看着热闹的人群，然后神不知鬼不觉地拍下他们。

豆豆清理了院子，松了土，种了些蔬菜，这样两个月后她就能吃到自己种的新鲜蔬菜。干完活，她冲了澡，换了长长的棉麻裙子和衬衫，拎着相机到海边去溜达。

豆豆回去的时候天已黑，她锁好大门准备直接上楼睡觉，路过客厅的时候撞到了一个人，对方反倒慌张地惊叫。是个男的。机智的豆豆立马掏出手机打开手电功能照向对方。对方忙用手遮挡突如其来的强光。

“我认识你，今天在沙滩上我看见你在拍照。”男孩子背着把吉他，一边摆手一边解释，“你不要介意，我不是坏人，我没有恶意。”

豆豆打开客厅里的灯疑惑地问道：“那你到底为什么会在我家？”

“我是跟赵爷爷租的房子，说好明天入住，今天正好路过就想进来看看，见门没锁我就进来了。我在沙发上休息了会儿，没想到天这么快就黑了，我正准备走。”

外公确实说过明天有人来入住，没说对方是男生，要早说，自己是坚决不会同意的。豆豆愣了一会儿，说："既然来了就到处看看吧。楼下两个卧室你随便挑一个，楼下的洗手间是你的，露台、厨房、客厅、院子要共用，你要愿意的话我们可以一起搭伙吃饭。我的房间在楼上，你不能进我房间，不能用我的洗手间，还有不能随便带人回来乱搞。没有异议的话，你今晚就可以留在这儿。"

"OK。我叫罗宋，姑娘你怎么称呼？"

"豆豆。"

"对了，这个房子很老了，可能下雨天会停电漏雨，你不要觉得奇怪。"最后，豆豆补充道。

豆豆习惯早起，去拍刚苏醒的大海和人群，罗宋会早起晨练，然后一个上午都在家听音乐，下午出去卖唱，晚上会去酒吧驻唱，或四处走走，从来不在意挣了多少钱。他们的作息时间惊人的相似。所以豆豆准备早餐时会给罗宋留一份，罗宋做午饭也会煮两人的量，带上豆豆的。

半个月后两个人商量好，罗宋去游客区卖唱的时候，豆豆就去给人拍照画肖像，赚的钱两人放在一起去市场采购食物。晚饭总是两个人收工后一起完成。他们小时候都在南方待过，吃饭都喜欢喝汤，大多数时候他们都懒得炒菜，就把几个菜混在一起乱炖，好在两个人的厨艺都不差，即便是乱炖，调出来的味道也是一绝。

他们就这样打打闹闹地一起生活了五个月，不是朋友，不像兄妹，不是情人，但又觉得温暖舒心，有一种陌生的安全感使他们不防备对方。

喜乐镇很小，但是三年来豆豆无数次路过西餐厅 kiss me

却一次也没遇见过F先生。

世界很大，豆豆在一个转身竟和被她偷拍的人成了室友。

冥冥之中到底什么才是注定的呢？

沙滩上的游客三两群，豆豆手中的相机举起又放下，最后她把镜头对准一个抱着吉他的男孩。

男孩随意地盘腿坐在沙滩上，抱着一把吉他自弹自唱，完全沉醉在自己的音乐里，好像这片沙滩都是他一个人的，甚至延伸到整个海域都是他的，所有的人和景物都只是他音乐里的布景。

豆豆把镜头拉近，在男孩脸上对焦，没想到男孩子突然抬起头对着豆豆的镜头温柔而礼貌地微微一笑。这一笑通过长镜头直达豆豆黑色的瞳孔，这么远又那么近。

（作者／东丽）

木木和阿泽的故事

1

写小说是我和阿泽共同的爱好。不同的是，我期望通过写小说获得一些建树和名誉，或者养活自己，而对于阿泽来说，写小说只是一种纯粹的爱好，他通过这种方式记录自己的生活以及所思所想。

因此，当其他人一门心思地扑在游戏和学姐学妹身上，消耗大学时光的时候，我和阿泽则在宿舍噼里啪啦地敲着键盘写小说，不时地相互讨论，交流几句。小说一完成，我就向各个杂志社投稿，手头拮据，指望赚点稿费，缓解一下。阿泽的写作状态一直都很散漫，状态好了就写，状态不好就出去散步，有时候一天也写不了一千字。

阿泽大三的时候才开始谈恋爱，女朋友是英语系的木木同学。他们是在学校食堂吃饭的时候遇见的，木木问阿泽：“同学，我看见你好多次了，为什么你总是吃素菜啊，很少见你吃肉。”

阿泽说：“我平时运动少，如果还吃那么好的话，怕变成胖子。”

木木“哦”了一声，继续吃饭。

他们在一起后，木木也开始吃素了，阿泽说：“你想吃肉就吃嘛，我陪你吃。”

木木说：“我现在不想吃了。你说得很对，吃太多肉不好，容易变成胖子，而且，我发现吃素还能省下好些钱，这些钱可以做很多其他有意义的事情，比如去看世界。”

我在一旁大快朵颐，吃着餐盘里的回锅肉，从心里鄙视他们：“长身体的年纪，为什么不多吃肉？”嘴上却笑嘻嘻地说：“那把你们菜花里的肉片给我吧。”

木木总是问阿泽最近在构思什么小说，阿泽便手舞足蹈地给木木讲，木木常听得入迷，张大嘴巴说：“哇，你好厉害。”

阿泽和木木的感情很好，每个周末他们都会去附近的景点游玩，到了五一国庆之类的小长假，他们则会去一些比较远的地方。

我悠闲地躺在无人的宿舍看书，写小说，会不时收到阿泽和木木给我发来的风景照，或者两人开心搞怪的合照。我分享着他们的幸福，在心里祝福他们。

很快，轰轰烈烈的毕业大潮来了，写论文，答辩，找工作，找房子……等一切都尘埃落定以后，我们都有了各自的方向，站在人生新阶段的路口，我们迷茫又紧张，跃跃欲试又畏首畏尾。

我们三人都留在了北京。我是舍不得这座待了四年的城市，阿泽和木木也想在这儿打拼一番，为未来奋斗。

我租了一间地下室居住。本来有一份在杂志社的工作，但领导总给我安排杂活儿，工资也少，干了不到四个月我就辞职走了，待在地下室准备写一本书。

阿泽一直没有找到合适的工作，他面试了三十多家单位，没有一家走到终试。木木想做翻译，也没有找到合适的公司。他们在双桥的一个老式小区里和别人合租，住次卧。

我们偶尔一起吃饭，在饭桌上一边吃东西一边聊天，气氛很沉重，大家都不怎么说话。曾经无忧无虑的学生时代已经一去不复返，我们现在连基本的温饱都难以维持。

吃完饭后，我和阿泽、木木告别，对他们说："加油！"

他们对我说："你也是。"

回去的路上，我想："我们的未来究竟会怎么样？我们将何去何从？我们能实现自己的梦想吗？"

2

一个月后的某一天，我正在焦头烂额地写东西，阿泽给我发来了一条微信："你还有之前投稿的那些杂志的联系方式吗？给我几个。"

我问他："怎么啦？你也想投稿啊？"

阿泽说："是啊，我还没有找到工作，快连馒头都吃不起了，得赶紧挣点钱。"

我问他："木木找到工作了吗？"

阿泽说："没有。"

我心里很难过。

我把收集到的三十多个编辑的联系方式都给了他，并告诉他，还是去找工作好，在基本生活没有保障前，写稿子不是个好选择。编辑审稿周期长，过不过审还不一定，即使最后发表了，稿费结算周期也很长，往往得杂志发行两到三个月以后才能拿到稿费。

阿泽“嗯”了一声，没有说其他的。

和我预想的一样，阿泽写稿这条路走得并不顺利。虽然有写东西的经验，作品也不少，但阿泽的文字太个性化，市场接受度不高，编辑叫他改他也不愿意改，还和编辑吵，说编辑不尊重自己的劳动成果。好几个编辑都和我抱怨过，说阿泽脾气暴躁，不好沟通。

我在微信上和阿泽说这件事，并再次劝他，找工作才是最妥当的事情。他和我说：“我现在唯一会的就是写小说，其他的路走不通，没有公司要我。”我不置可否，给他打了四百块钱，我能拿出来的就这一点，希望对他有点帮助。

那时的木木，日子也不好过。毕业之后，家里一直催着她回扬州老家，说女孩子离家近点好，有事情还能照应着，但木木不愿意走，她要在北京陪着阿泽，陪他度过这一段难熬的日子。木木是个坚强的女孩子，即使几十次面试无果，还是鼓励阿泽，微笑着对他说：“没关系，刚毕业工作难找，后面慢慢就好了。”

阿泽最开始会报以微笑，并拥抱她说：“因为有你，日子再难熬也不怕。”

然而他们渐渐有了争吵。

有一次，阿泽在家躺了三天，木木见阿泽捂在被子里一动不动，就推了推他，说：“起来吃饭吧。”

阿泽一把打开木木的手，吼道：“我想吃肉，我不想啃冷馒头！”

木木也被激怒了，她冲阿泽说道：“想吃肉自己去找工作啊，在家躺着肉就自己跑嘴里了吗？”

阿泽也不示弱：“你不是也没有找到工作吗？还说我！”

他们的感情也在这一次争吵之后发生改变，偎依取暖的温馨场面一去不复返。

3

之后阿泽和木木的日常状态是这样的。

早上七点半木木起床，十分钟洗漱穿好衣服后就拿着简历出门，赶往各个人才市场和招聘会，早上一般不吃早饭。中午饿了就去路边的包子店买两个馒头充饥，然后去网吧花四块钱上一个小时网，投简历或查看信件，看有没有公司邀请她去面试。她本来是有笔记本电脑的，为了房租和生活费，她把它拿到中关村给卖了，然后骗阿泽说不小心被偷走了。那时候，阿泽摸着她的头说：“没关系，等回头工作挣钱了，我给你买一个苹果笔记本电脑。”而今，她和阿泽已经有一个月没有说过话了。

长时间找不到工作，脾气再好的人也会发疯，心态再好的人也会滋生负能量。木木希望作为男人的阿泽能坚强一些，给予自己力量，可阿泽比她先崩溃。他选择了放弃，不再出门找工作，想通过写小说赚取稿费，可他又犯固执，不愿意迎合市场，也不愿意按照编辑的意见修改稿子。当阿泽在床上躺着不愿意起来，也不愿意和木木说话的时候，木木心里最后一道防线彻底崩溃。她动怒，争吵，冷战，彼此嫌弃，好像他们当初相爱是一场错误一样。

木木对未来非常迷茫，她没有方向，找不到合适的工作。北京的冬天很冷，她宁愿待在地铁和商场里取暖也不愿意回家。她知道，只要她一回去，就会见到蒙着被子呼呼大睡的阿泽，或皱着眉头疯狂敲击键盘的阿泽。阿泽不主动和她说话，她也不想主动和阿泽说话，好像谁先主动就输掉了什么似的。她不止一次地想，难道就要一直这样下去吗？

有时候，早上睁开眼睛，呼吸到第一缕空气的时候，木木会莫名地充满动力，她觉得只要自己再努努力，一切都会过去，一切都会好起来。可见到睡得跟死猪一样的阿泽，再想到不断失败的面试，她又在心里想："未来真的会好起来吗？"

木木不清楚阿泽心里想什么，直到最后分手她也不清楚。不过她也没有追问，因为已经没有了意义，不是吗？

我后来才知道，那段时间的阿泽是自卑的，自卑到尘埃里，自卑到怀疑整个人生。

同学四年，我知道阿泽心理素质不强，但没想到会弱到这种地步。他在微信上问我："你说，我的人生会不会就这个样子了啊？我看不到一点希望。"

我心里同样很难受，但我也无能为力，除了安慰的话语我给不了他任何实质性的帮助，我说："未来都会变好的，这一切都只是新生活的开始，而开始总是最艰难的。"

阿泽说："要是木木没有遇见我就好了，她和我在一起，吃了好多苦，很久很久没有吃过肉了，瘦得我看了都心疼。我还对她许过诺言，以后要挣很多钱，她想去哪里玩我都带她去，想吃什么、想穿什么我都给她买，但一切都不可能实现了。我连房租都拿不出来啊，没公司要我，我写的那些狗屁小说也没杂志愿意发表。我为什么会混成这样？一无是处，我的人生就这样结束了吗？”

我说：“我刚发了三百块钱稿费，你想吃肉吗？我请你吃肉。”

阿泽说：“想！非常想！”

我说：“你以前不是不吃肉吗？”

阿泽说：“我肚里已经好久好久没有进过油水了！”

我说：“叫上木木一起吗？”

阿泽想了想说：“先不吧，我不知道怎么面对她。”

在一家小烤串店，我们喝了很多酒，阿泽一边疯狂地吃肉一边向我倒苦水，说他这段时间多么多么苦闷，日子多么多么难熬。阿泽说：“我感觉我的未来就是一片沼泽地，越往前走，陷得就越深。”

我想起了木木，那么好的姑娘，为了能继续和阿泽走下去，强撑着假装微笑，连电脑都拿去卖了，而这一切，阿泽是不知道的。她的未来会怎么样呢？她和阿泽的未来会怎么样呢？

我说：“木木是你女朋友，即使是为了她，你也要振作一些，虽然生活很难，但有人愿意和你一起扛……”

我话还没有说完，阿泽就抬起头打断了我：“我想和她分手。”

我停止了吃虾的动作，怔怔地看着他。

阿泽说：“我们分手对彼此都有好处，或许路能更宽，生活会变得比现在好。我想了好几天，才做了这个决定。”

听到阿泽的话，我心里居然没有多少波动，特别平静，仿佛这是一件应该发生的事情。把阿泽送进地铁站后，我在心里问自己：是不是到了一定时候，抛弃某些人，生活才能往前走呢？答案是否定的，不管你做什么，怎么做，生活都会一直向前走，它从不给你后退和回头的权利。

4

阿泽向木木提分手之前，已经做好了木木会咆哮或大吵大闹的准备，不承想，木木沉默了两三秒后，只是简单地“嗯”了一声，看都没有看阿泽一眼。

木木“嗯”完后，阿泽心里特别难过，但他还是忍住内心的冲动，没有反悔。

木木开始收拾行李箱和衣服，阿泽躺在床上背对着她没有说话。木木收拾完，想和阿泽说点什么，但始终开不了口，也不知道说什么。他们已经陌生太久了。憋了半天，木木只说出了一句：“我走了，你保重。”然后拖着箱子走了出去。

当大门“砰”的一声关上后，阿泽终于大声地哭出来了。他一边哭一边用力地捶打着床垫，心有不甘，可又无能为力。

木木拖着行李在街上晃荡了一下午，晚上八点多的时候下起了瓢泼大雨，路上很多地方都积了雨水。公交站挤满了着急回家的人，但不管怎么招手，都没有出租车愿意停。木木挤在公交站里，缩着身子，又冷又饿。她无家可归，望着等候回家的人和冰冷无情的大雨，木木觉得北京这座城市不属于自己。

木木身上的钱只够去网吧包个通宵。她提着行李落魄地出现在网吧柜台的时候，收银台的小姑娘上下打量了她好几眼，仿佛她是突然空降到这座城市的不速之客。在网吧里坐了一个多小时，木木拨通了母亲的电话。她哭着对母亲说："妈，我想回家。"

第二天，木木拿着母亲打给她的钱去机场搭乘最早的航班，直接飞回了扬州。

阿泽不知道这些事情，他们分手后彼此就没有再联系过，对方之后再发生过什么事情，他们都不清楚。他以为，她不会再想起他。她以为，他对她没有了一丝牵挂。而事实上，他们都没有忘记对方，都还彼此惦念。

阿泽在床上躺了整整三天三夜，直到第四天中介来催他交房租他才爬起来收拾东西。

阿泽当初交了一个月房租作为押金，但是在退房的时候，中介不怎么想退，找各种理由，一会儿说墙壁被损坏了，一会儿说大门的锁被人动过。阿泽被搞得烦透了，他问中介："你他妈是不是不想退钱了？"

中介看了他几秒，双手交叉在胸前，一脸挑衅地说："是的，我不想给了，你想怎么着？"

阿泽摆摆手，说："我不想和你吵，我现在连饭钱都没有了，你总得给我点钱吃饭吧？"

中介从钱包里掏出三百块钱给阿泽，阿泽拿着钱头也不回地走了。

阿泽在北京只有我一个关系比较好的朋友，他拖着箱子来找我的时候，我一点也不意外。他在我的床上躺了三个星期，直到我对他的这种堕落表示不满他才有所行动。他爬起来，去卫生间用冷水洗了一把脸，问我："你说，不管怎么样，生活都要继续的对不对？”

我点点头：“是啊。”

阿泽说：“那我就放下架子，放下学历，放下自己接受过高等教育的骄傲，从一无所有开始干起吧。”

他说一无所有的时候，我突然想起了木木。

第二天，阿泽去超市找了一份理货员的工作。理货员的工作很累，工资不高，只够阿泽一个人勉强糊口。

但好歹开始了新生。希望未来一切都好吧。

5

2016年，我出版了人生第一本书，卖了两三万册，不算畅销，但稿费也还可观，足够我过几天想走就走的日子。我去了扬州，见到了木木，她变得非常成熟和美丽，烫着波浪卷，穿着黑色的丝袜和花裙子，她笑得很知性，或许这和她在一所大学当老师有关系。

我们谈笑风生，聊了很多，她拿出我的书，叫我签名，我很不好意思地在扉页上写下了我潦草的名字。

我问她：“以后就一直当老师吗？”

她说：“是的，我觉得这种生活蛮适合我的。”她又问我的打算，是不是以后就当职业作家了。

我说：“不全是，我打算进军影视界，以后有机会我还想当导演，拍自己喜欢的片子，但写作会一直坚持下去。”

她笑了笑，说：“挺好的。”

然后，很自然地，我们的话题跑到了阿泽的身上。

木木说：“分手后，我和阿泽就没有联系过，不知道他现在过得好不好。”

我说：“他离开北京快一年了，在老家的县城开了一个超市，还蛮大的，小日子貌似过得还不错。”

木木点了点头，若有所思地说：“当年，我提着东西走出房间以后，其实并没有走，大门我是假装关的。我一直坐在客厅的沙发里，只要他一出来就能看到我。我静静地坐在沙发上。房间里只有他的哭声和捶打床垫的声音，我等了半个小时也不见他出来，我只好悄悄地关上门走了。我告诉自己，不管发生什么，都不要再回头。”

我心里五味杂陈，为他们惋惜也为他们遗憾。木木的态度却很轻松，继续说道：“不过无所谓，一切都过去了，只是偶尔有些不甘心，还是会想起他，但那又怎么样呢？我们已经结束了。”

我问木木：“你后悔认识阿泽吗？”话一出口，我就意识到不对，我不应该问这个问题，但话已出口，覆水难收。

木木说：“我不后悔，不管怎样我们都曾经历过，也拥有过。”

6

2017 年 9 月，阿泽在老家举办婚礼，我前去参加。

阿泽的婚礼很气派，当地很多有头有脸的人物都来参加了，阿泽大方自然地和他们握手，接受他们的祝福，转头却对我说：“很多人我都不认识，但必须得装作热情和很熟悉的样子，不然我爸又得说我。”

我耸耸肩，轻轻一笑。

新娘很好看，是阿泽父亲介绍的，据说是当地一个有钱人的女儿。我开着玩笑说：“阿泽，你真幸福，哈哈！”

阿泽喝了一口酒，在我耳边悄悄地说：“新娘是木木的话，我才会觉得幸福。”

（作者 / 须弥）

樱桃树只爱零下七度

1

林知夏是班里第一个被姜畈邀请去他家看樱桃花的女生，也是唯一一个。

林知夏一直认为，她能接受像姜畈那样的男生的邀请，完全是因为他家后院里那棵樱桃树，开起花来像开了一树淡去的晚霞，在她眼眸里映出一种从未见过的盛景。

那天，她站在姜畈家的后院里，一边听他讲述樱桃树的来历，一边仰望那一树樱桃花。春天的晚风穿过屋顶和樱桃树枝叶，细碎的花瓣散落下来，落在林知夏的头发上、肩上、脚尖上。

姜畈透过一枝垂下的花叶，望着林知夏，少年的脸顷刻绯红。姜畈继续他非专业的讲解，说樱桃树在中国本不是什么稀奇的物种，但需要在零下七度的温度里才能开花结果，因此在福建偏僻的小县城，能种一棵开花的樱桃树已是奇迹。

林知夏望着树发呆，她身后的姜畈却看她看得呆了。

林知夏知道姜畈喜欢她，但她没办法喜欢姜畈，不仅仅是因为他挑染的蓝色头发，还因为他刻意在她面前假装斯文，如果还要再加一条判他死刑的“罪证”，那便是因为他是学校里不折不扣的小痞子。

至于他到底干过什么惊天地泣鬼神的坏事，林知夏并不知道，但她相信任何事情都不会是空穴来风。因此，在姜畈邀请她去看樱桃花的时候，她犹豫了一节课才答应。

姜畈后来曾问过她为什么会答应他的邀请，她仰高了脸，却没底气地说：“因为我没见过樱桃花啊。”

暮色西垂，风都疲倦了。

姜畈在天黑前骑自行车送林知夏回家，他能嗅到她发梢上沾染的樱桃花的香气，淡淡的，很细腻，飘散在他们周身的空气里。

林知夏心里想的是，眼前的姜畈跟传言中的小痞子好像不太一样。

姜畈心里生出一丝甜蜜，想的却是：明天她还会再来吗？

2

小痞子姜畈邀请林知夏去看樱桃花的事，很快就传遍了学校。

但没有人八卦他们早恋，因为他们怎么看都不是同类。从看过樱桃花后，姜畈再也找不到借口跟林知夏说话了。

于是，他开始期待下一年的樱桃花开。

那天，林知夏主动去找他，是他不曾预料的。淅淅沥沥的雨天，林知夏穿着薄荷绿的春款连衣裙，踩着粉色漆皮小跟鞋蹬蹬地向姜畈跑去。

林知夏皱着眉一脸焦急地说：“姜畈，快帮我去救救许良辉。”

姜畈没有问为什么就跟她去了。许良辉是隔壁班的学霸，是林知夏爱慕的模范少年。他因为不给隔壁班的坏男生抄作业而被拖去操场，没人敢找老师，林知夏脑海里第一个跳出来的人，是姜畈。

他是学校里出了名的痞子，他一定能拯救许良辉。果然这一切和林知夏想的一样，姜畈一出现，那些坏男生全都吓跑了，一直在她眼里闪闪发光的许良辉，此刻全身泥土，狼狈地趴在地上摸索着丢失的眼镜。

小痞子姜畈却像一个勇敢的战士，干干净净地伸出双手挡在林知夏的头顶，雨水从手指的缝隙里滴落下来，落在她的额头上都是温热的。在那一瞬间，林知夏有一种世界颠倒的错觉，她觉得男神许良辉变成了小痞子，而小痞子姜畈变成了男神。可她很快又恢复了正常，因为许良辉的男神光环只是缺了一个角，姜畈却是个实打实的小痞子，她不可能去喜欢一个只会打架和逃课的小痞子。

她对姜畈说了一声谢谢，然后帮许良辉找到眼镜，扶着他离开了操场。

不知道是谁说过少年的喜欢短暂又浅薄，但姜畈不一样，他喜欢林知夏，喜欢到舍不得告诉别人，喜欢到在她面前不敢说话，却在夜里想起她来偷笑到肚子抽筋。

姜畈家的樱桃花在四月中旬全数落尽，这期间作为学习委员的林知夏发现了两件事：第一，姜畈的考试成绩突然从倒数第三变成了倒数第十；第二，姜畈的字写得很漂亮。林知夏望着窗外郁郁苍苍的冷杉林，想起第一次见到姜畈时的情形。

四个月前，她才从厦门来到这座偏僻的小县城，跟老师去班级，途经姜畈所在的窗口时，两人四目相对。那时候她小小的少女心怦然一动，觉得姜畈真是个美少年，但当天从八卦的女生们那里得知他是个小痞子后，就再也没多看他一眼。

直到半个月前，他突然跑来她的桌前，声音很低但很温柔地问了一句：要不要去我家看樱桃花?

说到底，林知夏从未见识过姜畈作为小痞子的行径，他在她面前总是摆出自己最优秀的一面。林知夏想，这大概就是小痞子喜欢一个人的方式。

3

林知夏爱慕许良辉，完全是因为他全年级第一名的成绩。

十七岁的林知夏觉得自己就应该喜欢这种优秀的男生，尽管他有些懦弱，尽管他并不喜欢自己。

上英语课的时候，林知夏突然发现自从上次那句谢谢之后，她已经很久没有跟姜畈说过话了。有时候她会注意到他颧骨上多了一条新鲜的伤口，有时候她会发现他没来上课，有时候她会发现她竟然有一次梦见了他。

五月中旬的一天，林知夏发现自己的书桌里多了一个小竹篮，里面盛满了樱桃，每一颗都像精挑细选过的。她假装不经意地转身看了一眼最后一排的窗边，姜畈正埋头睡觉，没注意到白色的袖口上沾了红色的樱桃汁。

林知夏的心像是被初夏的风灌满，温温热热的。

一直到五月结束，林知夏书桌里的小篮子总会装满一篮樱桃。当六月书桌里终于没有了樱桃的时候，她突然觉得有些东西可以从未有过，但不可以突然消失，因为一旦有过就会在心底充满期待。

林知夏写着英语作业，脑海突然蹿出一句：“樱桃下市了，所幸送樱桃的人还在。”然后自己被这句话吓了一跳，好久都没缓过神来。

“吃完了人家的樱桃，总得说一声谢谢。”林知夏自言自语道。放学后，她拿着小篮子走到姜畈的座位前，姜畈腾地站了起来，紧张得有些不知所措。

“谢谢。”林知夏说完把小篮子还给他，姜畈看见小篮子里躺着一罐可爱的进口糖果，那种糖他只在电视广告里见过。

姜畈接过篮子，林知夏突然发现他挑染的蓝色头发不知道在什么时候已经染回了黑色，比之前更帅气。

林知夏和姜畈的关系比之前稍有进步，但这也直接导致她亲眼见证了姜畈是个小痞子的事实。

那天是周五的傍晚，林知夏从班主任办公室出来，在下楼的时候听见有人说，姜畈跟其他学校的人在操场打起来了。当她赶到操场的时候，被人群围住的姜畈正挥出一拳，一下就打落了对方的牙齿，猩红的血流出来，林知夏吓得尖叫。

要不是看见姜畈凶狠残暴的眼神，她都忘了姜畈是同学们口中的小痞子。她也不知道是哪里来的勇气，挤进人群。姜畈一看见她，手上的动作就停滞了，然后对方就在这个间隙，重重地给了他一拳。

姜畈整个人向后倒去，而那些人并不解气，仍然对他拳脚相加。林知夏一时急得跳脚，四周围观的人没一个人上前帮忙，而姜畈仍倒在地上，林知夏也不管不顾了，冲上前将姜畈护在身下，那些人见是女生自然不好再下手，但在惯性作用下林知夏仍然受了重重的一脚，弱不禁风的她压倒在姜畈身上。

林知夏扶着姜畈去校医务室后，听医生说不严重才回家。

4

姜畈因为斗殴打架被学校记处分，林知夏也莫名受牵连。

林知夏被班主任请去办公室教育了好久，劝她远离姜畈，不然就把姜畈调去别的班级。林知夏微微一愣，然后默默地点了点头。

林知夏回到教室后，一眼也没再看姜畈，就算在楼梯狭路相逢，她也装作不认识他一样。姜畈一直为连累林知夏心怀内疚，他失落地想，也许他真的跟林知夏不是一个世界的人，可是想到她竟然奋不顾身地保护了他，心里又是满满的喜悦。

就为了这些喜悦，姜畈决心改变自己，不再做小痞子，而是做林知夏会喜欢的那种人。

林知夏注意到姜畈剪短了头发，摘下了手上扎眼的戒指，换上了校服，开始认真地听课……渐渐的，甚至听到有女生在教室议论他。

“你们有没有发现小痞子姜畈不逃课了？”

“对啊对啊，也没再打架了。”

“据说这次考试成绩一跃前二十。”

尽管如此，林知夏还是不敢跟他说话，甚至一想起他打架时的眼神，就觉得害怕。

许良辉跟一个整天游手好闲成绩倒数的女生表白，是秋天的事。当林知夏亲眼看见许良辉屁颠屁颠地跟在那个女生身后一脸讨好的样子，她并没有想象中的难过，反而突然明白，她对许良辉的喜欢，并非是恋人的喜欢，只是喜欢他漂亮的成绩。

她望着空旷的操场，脑海里跳出了姜畈的脸。算起来，他们已经足有四个月没说过一句话，林知夏觉得好像有四年那么久远。

十一月的时候，班上一个学习不错的女孩突然对姜畈当众表白，不远处的林知夏紧盯着姜畈的表情，心里莫名地漾开一波又一波的难过，所幸姜畈直接拒绝了那个女生。

期末考试结束，老师把成绩单贴在黑板上，林知夏注意到姜畈两个字紧紧挨着她的名字时，竟然有一种前所未有的激动。她忍不住快速地看了一眼姜畈，没想到他嘴角勾起弯弯的弧度也正看着她。

半年多以来的沉默和回避，都在此刻轰然瓦解。

放假那天，所有人都欢天喜地地跑出了教室，只有林知夏跟姜畈依然在自己的座位上，各自整理着书本，两个人的心思仿佛都飘散在了空气里。

“春天的时候，去我家看樱桃花吧。”还是姜畈先开了口。

林知夏停下手里的动作，看了一眼姜畈，这一次他的声音依旧很温柔，却比第一次自信许多，也有了弦外之音。

“好！”林知夏回答得清脆响亮。

大概每个优秀的女生都爱慕过一个谦谦绅士，却栽在了小痞子的爱情陷阱里，林知夏也一样。当姜畈骑着自行车载她穿梭在县城的街道时，她才突然醒悟，不管姜畈是爱打架的小痞子，还是爱学习的模范生，其实她都一样会喜欢上他。

因为从第一眼看见他时的怦然心动，就注定她无法逃脱。

5

整个寒假，林知夏都跟姜畈在一起。

寒假快结束的时候，樱桃花已经长出细小的花苞，林知夏站在姜畈家的后院里，期待春天早些到来。那时，她要用爸爸的相机跟姜畈拍一张合照，悄悄藏在她的日记本里。

那天天色将晚，姜畈送林知夏回家，也许是为了让这条路更漫长，两人不约而同没有骑车。路边树枝上寒鸦的孤鸣都变成了美丽的配乐。林知夏看了姜畈一眼，他穿了一件灰色的灯芯绒外套，整洁的短发，清秀的五官，尤其是冻红的鼻尖很可爱。林知夏有些后悔，没能更早地把他看清楚，也有些恨自己对“小痞子”三个字的纠结。

林知夏一步一步踏在损坏的水泥路上，左侧的姜畈悄悄握住了她的手，她觉得迎面而来的风里都携了一丝春天的气息。姜畈的手，温暖有力，两人都感觉到绵密的汗意，但谁也没放手，一直到林知夏家的别墅外。

林知夏回家后，迅速爬上二楼，隔着巨幅落地窗，她看见寒风中姜畈的背影，在两行忽明忽暗的路灯中穿行。

姜畈回了一次头，但没有看见林知夏。

第二天，林知夏的爸爸在没有提前告知的情况下，带林知夏去了海南过春节，在寒假最后一天才赶回来。当晚林知夏想去找姜畈，可因为旅途的疲累和漆黑的雨夜，她一回到家就睡着了。夜半的时候，她似乎听见了有人叫她的名字，声音很像姜畈，可她实在太累，转身又沉沉睡去。

她做了一个梦，梦见姜畈朝一个很黑的地方不停地跑，不停地跑，最终消失不见。

去学校那天，她发现姜畈的座位空空如也，她听人说了才知道，就在昨天晚上，姜畈一家因为爸爸在北方的生意而举家北迁。她听到的窗外的声音，原来真的是姜畈。

他们没见到最后一面，但林知夏知道在有生之年她一定还会遇见那个少年，在樱桃树下低垂眼眸，春风满面。

（作者 / 陈若鱼）

糖小姐的爱情不将就

1

糖小姐是一名写手，微博上不知名的情感写手，说话淡淡然的，好像任何事都是过眼烟云。她经常在微博上给人解答情感难题，软软糯糯的词句却正中要害，让人如沐春风而又醍醐灌顶，被封为“少女之友”。

2015年的秋天，我因为某件事找她，具体是什么事我现在绞尽脑汁也想不起来了，因为我消息刚发过去她就给我回了一句让我爆炸的话：“我马上就要失恋了。”

且不说她跟小黑同学曾是我朋友圈最恩爱的一对，“马上”这种预知性的词语用得也实在让人费解，我顿时将自己的事情丢到了九霄云外，不由分说就是一通劝和。

糖小姐是湖南人，小黑是浙江人，两地隔了千山万水，两家起初都反对两人在一起：糖小姐的家人不舍得女儿远嫁，小黑的家人直接以不接受外地人为由将糖小姐拒之门外。

糖小姐一边坚定地跟家人说此生非小黑不嫁，一边不卑不亢地向小黑的家人证明自己。小黑也没闲着，跟家里人据理力争，软硬兼施，把糖小姐夸上天，去年春节千里迢迢跑去糖小姐家里接糖小姐回浙江。经过长达半年的拉锯战，最后两人终于获胜。

在当时所有人看来，他们就是天造地设的一对。知道糖小姐的人几乎都知道小黑，甚至有粉丝写来明信片祝他们一定要幸福下去，从来都没有人设想过他们会分开。

可是我的连番轰炸换来的只是沉默，久久得不到她的回应后，我小心翼翼地问了一句："没有回旋的余地了吗？"

"我在摆渡车上。"她这样回复我。

如果可以开上帝视角，当天的情况是这样的：她从飞机上刚下来就收到了我的消息，肩上背着新买的旅行包，左手拉着行李箱，右手顺手给我丢过来她刚刚做的决定，然后手机揣兜里上了摆渡车，这期间接收了我一连串的消息，在摆渡车上站定后她看完了我的消息，眼泪顿时就掉下来了，吓坏了身边的老太太，老太太此时的内心独白应该是，"现在的小孩真娇气啊，这随便挤挤都能委屈成这样。"

然后她开始回复我："在一起两年半，这期间他两次跟前女友出国旅行，二十六次给前女友发支付宝红包，五次代付，两次送礼物，两次出差去她的城市见两次面。你觉得有回旋的余地吗？"

这下换我沉默了。

可是她拉着行李箱走出机场时，却看到了他。他收到分手短信，花了两百多元钱，第一时间打车赶到机场，她的航班晚点，他等了一个多小时，没有鲜花没有戒指，只是拦住她说："我不同意。"

她还是跟他上了出租车，回家的路上她靠在他的肩上，滔滔不绝地讲起她在马来西亚的经历，美妙绝伦的双子塔、湛蓝的海水、神秘的海底世界、便宜又好吃的海鲜，说这些的时候她的眼睛发着光，然后说："如果你在就好了。"

但是几个小时前，她乘坐的航班被雷击中，爆炸声将她从梦中惊醒，窗外闪过的红光让飞机上所有人都沸腾了，有人哭着喊："钱还没有花完呢。"当时她心里想的却是："幸好你不在。"也就在那个时候她下定决心，还小黑自由。

几天后，我收到她的消息："你说他会记得我多久？"

"你在哪里？"

"回湖南的火车上。"

她在杭州陪小黑过了那个周末，周一便又拖着行李走了，因为她在他的电脑上看到她不在家期间，他几次搜索前女友的微博，并且查阅她微博里提到的东西。

"他是爱她的。"她趴在狭窄的卧铺格子里不停地流眼泪，"如果他能大大方方地告诉我他放不下她，我会成全他的，可是他却选择了偷偷摸摸的方式。"

当天，他把她的微信删了。

第二天，他把她的 QQ 删了。

第三天，他公然关注了前女友，并且点赞。

终于不再偷偷摸摸。

2

"你陪我去拔牙吧，我想戴牙套了。"她笑着跟我说，又恢复了糖小姐的特性，甜甜的，淡淡然的。

挂号排队取模型专家分析过后，医生说需要拔四颗智齿，糖小姐甜甜地答应着："好。"

据说拔牙最痛的是打麻药，尤其是神经元分布密集的上颚，细细的针管缓缓地插进肉里，麻药一点点地挤进去，跟血液融为一体，酸胀，刺痛，不一会儿，整个嘴巴就没有了知觉。

这个过程糖小姐的眼睛里一直都含着笑。医生掰开她的嘴，说需要把智齿敲碎，灯光打在她的脸上，几个人围着，用小锤子敲打着她的牙齿时，她眼泪终于掉了下来，眼睛里的笑也消失了，好像在跟我说："疼。"

是不是牙齿疼了，心就不会疼了呢？我没有问出口。

回家的路上，她嘴里咬着止血棉签，含糊不清断断续续地跟我说话，但我还是听清了。

"两年前，我知道他跟前女友一起去日本旅行，我要分手，他说只是朋友都爱旅行而已，跟我认错求我原谅，我原谅了。一年半前，他去泰国旅行的前一天说是跟她去的，我要分手，他在泰国每天给我打电话，说要陪我走到最后，我又原谅了。半年前，我发现他跟前女友一直在联系，还频繁给钱，我原谅不了。但是那个时候我们已经约好一起去马来西亚旅行了，在一起两年半，我们唯一一起去过的地方就是上海的田子坊，我就觉得我们这辈子一定要一起旅行一次。我机票都买好了，出发前他却说他不去了。"

说话的时候拉扯到了伤口，大概是疼吧，她的眼泪又掉了下来。

那天医生忘记告诉她不能漱口，或许说了只是她没有听见，她回到家后就漱了口，把已经凝结了的血块冲掉了，新的血液迅速地涌出，然后再结成块。

彼时已经夜深，嘴巴里含着血块的糖小姐睡不着，就起床去洗手间吐掉，可是血不停地流出不停地结块，她便干脆提了个桶子放在床头，不停地吐，天快亮了才睡着。中间断断续续地做着梦，梦里小黑送给她的罗小黑充满怨念地盯着她。第二天，她发现已经吐了小半桶的血，一片鲜红。

3

半个月后，她突然让我给她翻一张塔罗牌。

愚人正位，象征着新的旅程，将过往的一切轻松扛在肩上，向前勇敢迈出脚步，也象征着冒险。

“是勇敢前行的意思对吗？”她再一次确认。

“嗯。”

“他给我发信息了，说明晚一起去湖滨银泰吃牛排。”

“哈哈，他是不知道你在湖南吗？你肯定不会去的啊！等等……你会去吗？”

“我买了今晚八点去杭州的车票。”

“……”

糖小姐是我见过的唯一一个因为一条短信，就坐十六个小时的车跨越好几个省去吃一顿牛排的人。

她只选择相信愚人是勇敢的意思，却不愿意听愚人的面前是悬崖。

那个时候糖小姐刚刚戴了牙套没几天，在商场的电梯里她给我发来一张自拍照问我丑不丑，说实话，挺丑的，但我没说。

刚戴了牙套的她不能吃硬的东西，包括牛排，小黑便给她点了一块三文鱼排，切成小块喂她吃，把邻座的一对男女恶心得想要换位置。

小黑说前几天出差去上海，忙里偷闲去了趟田子坊。

小黑说他升职了，把一些琐碎的工作分了出去，以后不会总是加班到很晚回家了。

小黑说他买房了。

吃完鱼排，小黑说，回来吧。

不知道是不是灯光效果，糖小姐觉得小黑的眼睛亮亮的，好像有泪。

西餐厅里放着轻柔的音乐，糖小姐听出来是《斯卡波罗集市》，古老的英国民谣，优美婉转，正符合她当时的心境。

她说，好。

第二天正好是周末，糖小姐陪小黑去了宜家，挑了一些基本的家具，她没敢选贵的，因为小黑已经没钱了。有一款沙发她特别喜欢，小黑却说另外一款性价比更高，两人因为这个拌了口角。但是吃饭的时候小黑还是给她点了很多她爱吃的，他说她变瘦了要多吃，他说宜家的餐点比西餐厅的便宜，吃到就是赚到。

糖小姐给我发信息说：我原谅他了。

一个星期后，凌晨一点，我接到她的电话。

伴着淅淅沥沥的雨声，她抽泣着，“我好像疯了，我变得不是我了，好痛苦，好想离开。”

她以为一切都过去了，两个人假装什么都没发生，每天很开心地玩，一起做好吃的，一起窝在房间里看电影。可是只要小黑没及时回她消息她就在想他是不是找前女友了，只要她闲下来就会一遍遍翻他和他前女友的微博，只要他发呆她就会觉得他是不是又在想前女友了，甚至他嫌东西贵她就忍不住想说你给前女友发红包的时候怎么就舍得了。

她尽可能压抑着，却一遍遍梦见他牵着前女友的手离开。终于在一个雨夜她再一次翻他手机，看到他以前发的那些红包上附着的暧昧话语，她爆发了，问他为什么要背叛她，明明爱的人不是她为什么还要跟她在一起，为什么她放下了，他还要招惹她。

男人从来就不是擅长吵架的生物，或许是意识到自己的错误，或许是感觉眼前这个歇斯底里的女人是那样陌生，或许是真的累了，他从头至尾都没有说一句话，这让糖小姐更崩溃，她套上外套就要出门。他说这么晚了别走，她没理，他也就没挽留。

天下着那么大的雨，到了楼下她才知道她根本就不知道去哪里，于是给我打了电话。可是远水救不了近火，我只能忍着睡意陪她听雨。

后来，同一栋楼晚归的男孩发现了坐在楼道阴暗角落处的她，他从她的神情中猜到了发生过什么，他说送她上楼，她摇头，他说给她在附近宾馆开个房间，她摇头。善良的男孩不放心她一个人，便在她旁边坐下，有一句没一句地聊着。

大概过了半个小时，她的手机响起，是一条微信，小黑发来的，他说："以前是我太任性，但我这次是认真的。"

糖小姐又哭了起来，男孩一把抢过她的手机，给小黑发去语音："哥们儿，你女人还要不要了？这深更半夜让她一个人待在楼下，你还是不是男人？”

几分钟后，小黑穿着睡衣下来了，面容憔悴，胡子拉碴的。男孩指着小黑问糖小姐：“就为了这么个男人你哭成这样？”

小黑二话不说一把将糖小姐拦腰抱起，糖小姐大惊失色想要挣脱，小黑却紧抱不放，男孩也被小黑这个举动吓了一跳，愣愣地跟着小黑进了电梯。小黑这才开口说：“谢谢你。”男孩说：“好好对人家吧，这年头纯粹的爱情已经不多了。”糖小姐只觉得羞愧难当，脸一直深深地埋在小黑的怀里。

回家后，小黑给糖小姐换了一身干爽的衣服，用吹风机帮她把头发吹干，把她塞进了被窝，抱着她说：“以前我不知道自己想要什么，但是你离开以后我才发现，只有你在身边的时候我才最安心。”

糖小姐沉默了片刻，一字一句地说：“整整两年半的时间，她一直夹杂在我们的感情里，我给了你那么多次机会，你都做出了错误的选择，我已经精疲力竭，你却说要重新开始。你就是一个自私又任性的人，你啊，根本就不配拥有幸福。”

小黑默默把她放开了，或许在他心里，糖小姐再也不甜了吧。

糖小姐把她留在小黑那里的所有东西都带走了，一件不留。

后来糖小姐还是保留了翻他和他前女友微博的习惯，可是他再也没有更新过。

有一天她说：“他注册小号关注她了。”

“你怎么知道？”

“她多了一个粉丝，那个粉丝的头像、博文风格跟他很像。”

“……你是还想和好吗？”

“我知道不可能了。”

“那人家关不关注关你啥事？”

“我犯贱吧。”

我以为故事到这里就结束了，可是糖小姐提醒我说：“你不是说过我们会结婚吗？”

“我什么时候说过？”

“一年前你给我看的塔罗牌里有教皇，你说象征着婚姻。”

“……怪我咯？”

4

临近年关，春运大劫，在大家为了抢一张回家的票挤得头破血流时，糖小姐离开了家乡，再一次被火车运到了杭州。

“我跟父母吵架了，疯狂地想要见到他。”

“我就想再见他最后一面，最后一次摸摸他的眼睛、他的鼻子、他的嘴唇。”

“他前女友结婚了，跟一个刚认识的男人。”

小黑的下班时间是傍晚六点，从公司到家里的公交车路程是半小时，糖小姐提前二十分钟在家门口等，用平板电脑蹭着无线网络看小说。不知不觉到了晚上十点，她冷得直跺脚。

彼时我在深圳，气温23℃，所以我不知道杭州深夜十点3℃是怎样一种感受。

电梯无数次地经过十六楼，电梯门无数次地打开，可就是没有小黑。

“不会出差了吧。”她这才意识到矫情是病。

二十二点四十三分，她终于鼓起勇气给小黑打了电话。

“嗯。”

“你什么时候下班？”

“你在杭州？”

“嗯。”

“我马上回来。”

加班超人小黑终于有一次为了她丢下工作回了家。

数字停在十六，电梯门打开，小黑走出来，糖小姐狂乱跳动的心终于平稳。

小黑走到她的身边，用手摸了摸她的头，像是安抚一只离家出走又归来的小猫。

“跟父母吵架了？”

“嗯。”

“进来吧。”

“嗯。”

他给她烧了开水，泡了牛奶，拿出一包蒸蛋糕，待她吃饱喝足后把她抱到腿上。

“为什么呢？”

“什么为什么？”

“为什么要爱得这么深？”

“你吗？”

“你啊。”

“我只是来借宿的。”

此时离除夕只有一个星期了，这个时候已经不可能买到回去的票。

“过年在哪儿过呢？”

“朋友家吧。”

“你在杭州还有朋友没回去？”

“也许吧。”她又说，“我初十回去。”

“为什么是初十？”

“因为初九是你的生日。”

后面的几天，加班超人小黑每天都准点下班，糖小姐负责煮饭，小黑负责炒菜，因为她曾说过，世界上最好吃的就是小黑做的黑暗料理。

离过年还有两天，小黑去菜市场买了很多菜回来，把冰箱塞得满满的。

“这是给我过冬吗？”糖小姐脸上笑开了花。可是我不会做菜啊。她想这么说。可是我想吃你妈妈做的鱼啊。她还想这么说。

当天下午，小黑走了。

晚上小黑的妈妈加了糖小姐微信，问她：“你怎么没跟小黑一起回来？”

糖小姐甜甜地说：“我爸妈希望我回家过年呢。”

发完后眼泪又落了下来，父母从她离开后就再没理过她。她点开爸爸的微信，说：“对不起。”

眼泪一旦打开阀门就很难收住，悲伤的情绪无法抑制，她又给小黑发了条微信。

“其实我们的兴趣爱好那么一致，在一起那么开心，现在她结婚了，你妈妈也接受我了，可是我们回不去了，你会不会也觉得很遗憾？”

过了很久以后小黑才回复。

“这样对她或许更好，不用再孤独地去抗争什么，我反倒觉得释然。上次给你发短信找你回来我是认真考虑过的，或许我跟她聊得更开心，跟你却没有那么多的烦恼，因为你是更自由的个体。我跟她，说到底只是更好的玩伴。但是如果我现在说要跟你在一起，结婚生子，那就是我屈服于现实了，因为我都还没有成为更好的自己。”

小黑毕竟是工科男，而糖小姐曾是《咬文嚼字》的杂志编辑，这段漏洞百出的回话足以让糖小姐研究一晚上。

我的自由是我自己争取来的啊，是我为爱做的牺牲。你跟她在一起更开心，如果她也是自由的，你会首选她是吗？到了最后你考虑的也是她不用再孤独了，你只想到她的抗争，却没有看到我的吗？结婚后就不能变成更好的自己了吗？

这些问题她最后还是没有问出口，因为她牢记着她来杭州的初衷，跟他好好地过完这最后几天。

她只问了一句：“你爱过我吗，完完全全地放下她，真心实意地为我心动，这样的感觉有过吗？”

他说：“有。”

她说：“真好。”

他说：“你真傻。”

大年初三，小黑回了杭州，给糖小姐带来了一堆她爱吃的，鸭舌、羊排、螃蟹、海蜇、黄鱼等等，冰箱又被塞得满满的。

大年初四，他们一起在次卧做了一组高强度的健身训练，满头大汗地躺在瑜伽垫上，小黑说："今年我把公司的业务再提升一个层次，就辞职换一个加班不那么多的工作，然后，我们就结婚吧？"

没有鲜花也没有戒指，但糖小姐坚持认为这就是求婚。

正好一滴汗流进了糖小姐的眼睛里，眼泪又流了出来。

从糖小姐在浙大门口见到小黑的第一眼起，她就觉得，他们是要结婚的，所以她跟家人抗争。为了能够配合他的时间一起旅行，她冒险辞去安稳的工作努力成了自由职业者。她一次次修改自己的底线，一而再再而三地原谅，如今终于等到了这句话。

她十分感动，然后拒绝了。

糖小姐陪小黑过完了他的二十七岁生日，没有唱生日歌，因为她觉得这很尴尬，但还是点了蜡烛，并且让他许了愿。

蛋糕是她去克莉丝汀甜品店买的，她觉得这是她吃过的最难吃的一个蛋糕。

第二天，小黑送糖小姐去了火车站。路上她的一个编辑找她说新书出版的事情，事情很紧急，在火车站吃饭的时候她还没放下手机，小黑便发动大招一口一口喂给她吃，又把邻座的男女恶心到了。

事情好不容易谈完，已经到了检票的时间，进检票口之前糖小姐抱住了小黑。小黑说："在家听妈妈的话。"糖小姐说："嗯。"

5

后来，糖小姐告诉我，那个微博账号确实是他的小号，她在他的电脑上证实了，还看见他费尽心思去搜索有关前女友的一切信息。

后来，他们没有再互删彼此，只是也心照不宣地不再联系了。

后来，糖小姐在他们共同的群里看到他发的新家的照片，他最后还是买了她喜欢的那款沙发。

后来，糖小姐说她要在长沙买房了，择一城白首，不再漂来漂去。

“你还爱他吗？”

“爱啊。”

“那为什么要离开他？”

“因为，我不舍得让他将就。”

（作者 / 夏末一）

初恋是一块斑斓的石头

1

“杜思甜，我爱你。”

这句毫无征兆地从楼下飞上来的话，铿锵有力，惊得黑夜里的星星直眨眼，没有半点歇斯底里。循着声音会看到一个气宇轩昂的少年。

他叫白流川。

他喜欢杜思甜好久好久好久了。

但他不是好学生。

“哇哦！思甜，楼下那是谁啊？”

“我也爱你，思甜！”

“安静！现在是在自习室，不是聊天室！”班长重拳砸向课桌，自习室的气氛瞬时从诙谐变得紧张起来。

我拿起书侧过脸，嘴巴歪着，神秘又艰难地挤出几个字：“什么情况？”

她却冷着脸把我的头转过去，没有回应，接着写手里的《冲刺高考》试题。

后来杜思甜跟我说，那天晚上，白流川到校门口拦住了混迹在校服迷阵里的她。他跑到她身边，迟疑地抓起她的手，然后说：“生日快乐！”

2

如果说高中的生活是风云变幻，那么初中的日子应该算是云卷云舒了。

在那个年纪里，白流川是风一样的少年。他高高瘦瘦，干干净净，还有一张让山河落寞的脸，几乎符合所有青春小说里关于男一号的描写，但尴尬的是，他的成绩烂得像一团糨糊。

而杜思甜是枚资深学霸，摘得学校评优无数，经常站在国旗下讲话，更可爱的是，她有一对黝黑的麻花辫，就乖乖地伏在肩膀，跑起来会左右摇摆。

初一刚开学，老师还来不及让学生按照成绩对号入座。报到那天，杜思甜戴着一个棒球帽，穿着吊带背心和阔腿短裤，一进门就被老师批评着装不得体，然后她被发配到教室最后一排，同桌是白流川。

白流川可真不是个省油的灯。

他会趁杜思甜学习时明目张胆地在她手臂上画画，从手表画到乌龟，专门用黑色的水彩笔，画完还要署上自己的名字。

下过雨之后，白流川把校园篱笆上的蜗牛偷带回班级，然后放在杜思甜的文具盒里饲养。蜗牛在钢笔上托着长长的轨迹慢慢地爬，杜思甜表面嘟着嘴生气，下课也会跳进花园里摘鲜草为蜗牛铺床加餐。这只蜗牛成为他们的宠物，虽然只有两天时间。

当然白流川也不是一直这么胡闹，那些让杜思甜害怕的虫子都会丧命于他的铁砂掌之下。有时杜思甜学得投入不愿意离开座位，都是白流川在一旁端茶送水，酬劳是杜思甜的作业可以给他抄。

有一天杜思甜穿了一条缀着背带装饰的裤子，白流川的鬼心思转了起来。他知道杜思甜喜欢回答问题，每次她一发言老师就会看过来，搞得自己睡得不欢。所以当同学们坐好之后，他便小心翼翼地将杜思甜的背带系在了桌腿上，然后开始认真听讲。

老师找同学朗诵文章，白流川无比急切地举起手。杜思甜哪里肯让他，把手举得更高。然后老师叫了杜思甜的名字，她猛地站起来，腿还没站直就重重地跌回了凳子上。教室里一阵哄堂大笑，杜思甜的脸羞成了一个红苹果。

下课后，他们大吵一架。

“白流川我受够你了。”

“别介啊，我只是开玩笑。”

“你的玩笑让我彻底成了笑话。”

“那我跟你道歉，别生气嘛！”

“走开，你以后不许过界。我们井水不犯河水。”

“什么井水河水的，杜思甜我请你喝汽水。”

“等毕业了就大路朝天各走一边。”

“什么毕业一边的，毕业后我要带你回家。”

“什么？”

“老师来了快看书。”

“白流川你书拿反了。”

“啊！一场虚惊。蜂蜜你真是好眼力。”

“你才叫蜂蜜呢！”

“瞎说，我叫熊。”

3

初中的男生，还没有成熟到知道如何去表达自己的心意，也不懂得怎样赢得对方的好感。他只能竭尽所能地刷取存在感，哪怕是以调皮捣蛋的方式，动静越大，心思越浅。

期中考试的前一天，白流川和苏元踢完球，在夕阳下的操场喝着可乐。

白流川对苏元说：“喜欢一个女孩就要把她带回家，我爸就是为此把我妈领回家的。所以，以后我的家里也要有个杜思甜。”

“你就吹吧。”

“等她到了我家，饭我做，碗我刷，衣服我洗，地我擦，思甜只要坐在那里看电视就好。如果她愿意陪我一起看足球就更好了。”

白流川把饮料瓶子拧了好几圈，然后瞄准一棵大树，用力一压，瓶盖飞出去好远，他傻笑起来。

“你想怎么表白？”

“我想写首诗，你觉得呢？”

“我觉得你是发烧了。”

但是白流川真的写了一首诗，虽然只有简单的三行字：

有一只熊，

他发现一罐超级甜的蜂蜜，

他舍不得吃。

期中考试成绩出来了，杜思甜轻松地考了年级第一名。

“杜思甜，我要给你念首……”

“杜思甜，你换到第一排中间的位子上来。”老师的话将白流川的诗覆盖得严严实实，熊和蜂蜜的故事，她一个字都没听清。

她应了一声“是”，然后开始整理书包、桌堂，最后是白流川的桌堂。

“这下好了，再也没人跟我抢地盘了。”白流川站在一旁灰头土脸地抛出这句话。

杜思甜给了他一个大大的白眼。

“你快点收拾，爷要睡觉了。”

“白流川，你给我好好学习。”

杜思甜傲慢地盯住白流川的眼睛，然后抱起书挪出座位。白流川接下她肩上的书包，转手之间将那张浸了汗水的纸条塞进书包夹层。

那学期后来的课，他一个字都没有听。

4

一间教室不过那么大，但与你最近的人永远只有一个，就是同桌。不做同桌之后的杜思甜和白流川，即使听着同一节课，看着同一面黑板，写着同一张试卷，依旧有着平行时空里说不清的遥远和生疏。

直到初二的秋天，学校举办了一场声势浩大的全区运动会，杜思甜被招进校队，每天下午在操场上训练，非校队的同学则在下午排演各种奇形怪状的团体操和集体舞。

那是疯魔的一个月，每个人似乎想要为体育事业流尽毕生的汗水。

一天下午，杜思甜去体育组换钉子鞋，刚走出来就看见白流川、苏元还有一个高高大大的男生。他们在七年级的教室门口徘徊，然后苏元大喊了一句。

“向晴天，白流川学长想请你喝汽水。”

白流川笑骂着踢了苏元一脚，然后高高大大的男生从背后把他抱起来扔进了那个七年级教室，他们把白流川堵在里面，等他出来时，身边跟着一个纤瘦的小女生。

杜思甜在走廊的另一头目睹了整个过程，除了小女生的脸。

她穿着钉子鞋踉跄地跑出教学楼，没被白流川看见。

天气热得不像秋天，阳光足得有些刺眼，校队同学在树荫下躲懒，教练还没来。

“我去跑步了。”

“急啥，今天还有强度训练，留点体力。”

“我不想浪费时间。”

“思甜，喂，等等……”

杜思甜冲进了热腾腾的阳光下，钉子鞋踩在塑胶跑道上，扎实又有弹力。她越跑越快，过弯道时加速摆臂，开始冲刺。

“天啊！思甜！”

“队长队长，思甜摔倒了。”

一群人哗啦一下涌到杜思甜身边，她从地上爬起来，右腿膝盖上出现一个黄豆大的黑洞，黑洞渐渐变红，血开始一股一股地流出来，止不住。

“跑道上怎么会有石头！思甜你能走吗？”

“我没事。”

“快去校医院。”

5

杜思甜回到班级时，腿上裹着白色纱布，白流川看到后皱着眉跑了出去，不一会儿回来，手里提着各种各样的药，走到杜思甜的座位上。

“把你的东西拿走。”

“你说啥？”

“不用你好心，白流川学长。”

杜思甜再也不理白流川了。

白流川帮她做值日，杜思甜不理。白流川帮她接热水，杜思甜不理。白流川向她请教问题，杜思甜还是不理。

苏元戏谑地说，要不再写首诗？

白流川真的写了，依然是三行字。

运动会当天，白流川站在看台的第一排，铆足了劲儿敲鼓，苏元在一旁配合着打锣。身后一排同学举着杜思甜必胜的条幅，齐声呐喊。

发令枪响，杜思甜像箭一样冲了出去，四百米决赛，群情激动。白流川把鼓槌交给旁边的男生，跑到广播台抢下播音员的话筒。杜思甜冲过终点时，整个操场上响起这样一段话：

如果一罐超级甜的蜂蜜酸了，

那一定是，

喜欢她的熊做了错事。

主席台的老师一头雾水，播音员也不知所措，只有看台的一角传来此起彼伏的“哇哦”。

那天所有比赛都结束时，白流川捧着气球在体育场门口等杜思甜，看见她走过来，他凝聚仅有的一丝成熟气质，迎上去严肃地说：“杜思甜，我喜欢你。”

6

“白流川，你给我好好学习。”

“喂喂喂，你能不能不要张口闭口就是学习，我在跟你表白嗳！”

“我知道啊。”

“所以呢？”

“所以你更要好好学习。”

他迷茫又失落地愣在那里，显然没有得到想要的答案。杜思甜的嘴角划过一丝笑容。

“白流川，我在前面等你，你要加油。”

远处看台上，一排彩旗迎着清爽的晚风单薄地飘动，像一个个缤纷年华里的生命，在岁月的长河里欢畅地游，边游边打着有节奏的寒噤，也许是因为青涩的长河流动得有些许仓促。

从那之后，白流川每天上学都如同打了鸡血一般精气神十足。

他不再迟到，上课虽然依旧听不懂但不再睡觉；自习时看着眼花缭乱的问题，把笔头咬得坑坑洼洼，也不轻易放弃。

他问杜思甜最最简单的问题，杜思甜会耐心地讲给他听，然后再帮白流川画出书上的重点。

寒假时，杜思甜早上五点出发去上英语课。北方的冬天，凌晨五点的天空还不见亮，她爹着胆子跑出沉睡的小区，快步走进还没苏醒的街道。

有一次迎面走来一个摇头晃脑的中年男人，杜思甜的心里开始打鼓，她转过身想要换一条路，却看见不远处贴在墙边的一个身影，从外形轮廓看，正是白流川。

那天她才知道，原来整整一个冬天的黎明，都有一个人默默守护着自己，这个人比自己起得更早，也许来不及吃早饭，坐上最早一班车，来到她家楼下，藏在某一个角落，就是为了在那些无法预料的时刻可以第一时间冲上去挡在自己的身前。

每个男生都有伟大的机会，每个女生都有一颗可以融化的心。

7

但是伟大总是很短暂，只有在伟大的时候壮烈牺牲，才有可能摆脱日后毁灭自己的可能。

白流川毕竟还年轻，他的伟大也正是因为年轻气盛。

不到三个月，白流川的热情和殷勤就被一块儿强力海绵尽数吸走了。

一整天，他没有跟杜思甜说一句话，没有抬头看过她。课上课下，他一直盯着自己的手机，发消息的时候甚至不自觉地笑起来。

女生的直觉告诉杜思甜，他一定不是在和男生聊天。

那他能和谁说得如此开心呢，开心到忘了不远处的杜思甜？

有人说，白流川的前女友回来找他了。

杜思甜的同桌用力甩给对方一个眼神，传话者灰溜溜地走了。

“思甜，你还好吧？”

杜思甜平静地翻开课本，不露声色地说：“过两天还要考试，快学习。”

生活不会隐瞒任何事情，它会给接受现实的人真相。

下课时，杜思甜在窗口吹风，楼下的柳树旁，白流川和一个很矮很矮的女生面对面说着话。她转身回了教室。

答完卷后，杜思甜无心地看向窗外，不远处的石子路上，白流川伸出手，像是要拉住那个女生。她低头将检查了两遍的试卷又翻阅了一次。

大扫除时，杜思甜和同桌在走廊里擦墙壁，一个娇小的女生慢条斯理地走到她面前，仰着头萌萌地问了句：“白流川在吗？”

“找他干吗？”同桌抢着说。

杜思甜站起身时，正好高出那个女生半个头，然后她面无表情地答道：“里面。”

“思甜，一定是这个女生倒追白流川，他肯定还是喜欢你的。”

杜思甜把抹布放进水盆里，揉拧了两下，一盆水就这样黑了。她的手指在污水里分辨不清。

“考完试那天，我给白流川发了一条短信，我问他你会喜欢我多久，他说永远。我笑了，我说白流川你是个骗子。有一天地球会爆炸成宇宙中的一块碎片，你说的永远，根本不存在。”

“这一刻喜欢就好，天长地久会腻，海枯石烂会烦。”

“可你知道他为什么说永远吗？”

杜思甜的眼睛里闪烁着微茫的光。同桌摇了摇头。

“因为，他给不了此刻的喜欢。”

8

那天晚上，杜思甜一个人在家，她把房门紧锁，第一次主动给白流川打电话。

“白流川，我在等你通知。”

“思甜，我……”

“快说狗熊，电话费很贵。”

“我喜欢你，我还是喜欢你的。”

“但是呢？”

白流川不停地支支吾吾。

“但是呢！”

“但是……我和她在一起了。”

杜思甜终于哭了，歇斯底里如释重负。她挂断电话，张大嘴用尽全力地流眼泪，然后开始无法控制地发抖。

等她哭累了，才去接快被白流川打爆的电话。

他万分焦急地在电话那头说：“我和她不会在一起很

久的。”

杜思甜一言不发。

“甜甜，你相信我，我是迫不得已才和她在一起的。”

杜思甜第一次尝到无话可说的滋味。

“对不起。”

“白流川，就是因为你从来都不认真地看书，所以才不知道我喜欢你。就是因为你从来都不知道自己要什么，所以才不知道你要的在哪里。但无论以后你在哪里，都不会再有我杜思甜了。”

挂断电话的那一刻，白流川的脑子里一片空白。

就是因为你从来都不认真看书……

就是因为你从来都不认真看书……

就是因为你从来都不认真看书……

他跑到书桌边，从一堆凌乱的教材里找到语文书，杜思甜给他画过重点的语文书。

“愿得一人心，白首不相离”一句旁边，有杜思甜的字迹，她写下了“我和你”。

9

“你生日？你生日不是已经过完了吗？”

“今天是我阴历生日，没几个人知道。”

“思甜……”

“别那样看我，我当然不喜欢他了。”

“可是他竟然给你喊楼表白。”

“真心又不是用分贝来衡量的。”

“那他后来和那姑娘分手了吗？”

“王八卦，他们在一起不到一个月就分手了。不过那时候我已经进实验班，白流川在楼道另一侧的普通班，我俩没交集了。”

杜思甜说没有交集时，底气不足，目光躲闪，分明是一派胡言，不过我没有再问下去。倒是她反问了我。

“雪丁，你有过初恋吗？”

这问题突如其来，让我有些乱了阵脚。

我抓了抓耳朵，轻轻“嗯”了一声。

“你说初恋是啥？为什么很多人的初恋都是伤心的？”

我想啊想，突然开心起来，然后趴在杜思甜的耳边说：“一块斑斓的石头，你想到会痛，是因为曾经被它击中，但都不妨碍，它让你丰富。”

10

小学老师经常让我们写关于“第一次”的作文，我写了《第一次和海洋动物亲密接触》，老师给了我优秀，还让我在全班同学面前朗读。

初中老师经常让我们写关于最难忘的经历，我写了《穿行山谷》，老师给了我满分，还拿去隔壁班级当作范文传阅。

高中老师留过一篇习作，让我们写最喜欢的歌词并说明原因，我写了《秋意浓》，舒缓地诉说着我对那首歌的沉迷，我最后一句话念完时，整个教室陷入寂静。

我想初恋就是这三篇作文吧。

它就这样在你纯粹得如一张白纸时，留下了玫瑰血色的永久性涂鸦。

它是满怀希冀的第一次，它是刻骨铭心的最难忘，它是一段可以纵情弹唱的成长变化。

它是不明所以的探险，它是无处衡量的用心，它是没打算回头的试炼。

它坚持坦诚，却又充满谎言，毕竟每个人在成熟前总是一路亏欠，难以偿还。

它从青黄不接，到光怪陆离，它是念旧之人口中的“世界不管怎样荒凉，爱过你就不怕孤单”。

很想知道你近况，
我听人说，还不如你对我讲。
经过那段遗憾，
请你放心，
我变得更加坚强
……

（作者 / 王雪丁）

你依靠谁度过了寒冬

1

肖芸拎着红色高跟鞋把自己送回家的时候，时针已经指向了数字 1。

“世界上就没有一个不熬夜的设计！”她一边默默地安慰自己，一边走进狭小的卫生间。

这是东四环边上的一个老房子，年龄比她都大。好在老房主是个有品位、有思想的人，在结婚之前把老房新装，打碎了门厅和小卧室之间的墙，把一居室变成了大开间。可是卫生间的几面墙要么走了水管，要么就是承重墙，无论怎么设计都无法改变。就好像人有时候能在生活中奋斗去突破自己，挑战不可能，但是永远冲不破那个隐形的牢笼。一旦触碰牢笼的边缘，要么忍痛割舍，要么粉身碎骨。

肖芸就在这个隐形的牢笼里拼命。她从广西一路北上，在县城读了高中，在武汉读了大学，在北京读了研究生。毕业那年，她在高薪和户口之间选择了前者。所有人都说她傻，但是她知道自己需要什么。

这一路和地面摩擦，袜底早已经脱丝。肖芸坐在马桶上脱下丝袜，胡乱卷成一团，丢进了垃圾桶。门口鞋柜上的手机响了三声，肖芸知道是副总发来的微信。她迟疑了一会儿，脱掉身上的裙子，打开了花洒。

当温热的水流从头顶滑落的时候，肖芸开始摆脱加班带来的一切负荷，从身体到心灵。复古的唇色渐渐褪去，卸妆油融掉了微微晕开的眼线和睫毛膏，粉底也被冲出了淡淡的沟壑。离开了颜色的叠加，真实的肖芸淹没在花洒的水流之中。

很少有人见过浓妆之下的肖芸，也基本上没有人知道她曾经也是这家设计公司初来乍到的新人。

她在这家设计公司五年了，从助理奋斗到主管。多少前辈和后辈熬不住公司的压力，挣两年钱就闪人了，只有她默默地扛住一次又一次的压力，交出让客户满意的设计稿。但也正是因为她总能充当救命稻草，组里的项目她都要跟进，谁加班她都要陪着做到最后。

当然，陪到最后的还有副总。

副总是肖芸的伯乐，也是大肖芸七届的学长，两个人的导师都是老杨。研二下半年，肖芸通过老杨的介绍，进了学长所在的公司做实习生。那时的学长还不是副总，只是项目组的总监。他把肖芸带在身边，悉心传授，让这个一无所知的小姑娘渐渐成为公司的招牌。

学长对肖芸如此用心自然成为茶水间的八卦。有人说肖芸就是小狐狸精的做派，缠住领导自然少不了好处；也有人说是学长看肖芸年轻漂亮，想骗小姑娘玩两年。似乎脸蛋漂亮的女生，永远逃不出花瓶和轻浮的流言。肖芸曾经也困扰过，挣扎过。

她在不经意的时候和老杨抱怨过几句办公室里的闲言碎语，老杨告诉她这就是职场险恶，少说话，多干活，伤心和愤怒没有谁会在意。肖芸索性学着活在当下，学着充耳不闻。

那时跟在学长身边，她安安静静地端茶，认认真真地画图，从未多言。

学长对她的好，肖芸都记在心里。她知道学长在十公里以外的某个房间中给她发微信，她也知道学长心里放不下她，可她还是犹豫。犹豫中，手机电量不足，自动关机。肖芸拖着湿漉漉的身体，栽进柔软的棉被，对清醒的夜晚没有一丝一毫的留恋。

2

仅有的四小时睡眠充满了梦境的纠缠，闹钟响起的一刻，肖芸没能分清自己身居何处。这不是曾经隔断间不遮光的窗帘，这不是曾经宿舍能触碰屋顶的床，这不是曾经家里带着油渍和霉味的被子，一切都不属于曾经的生活，一切都曾是她梦中的期待。

这样的恍惚已经不止一次出现在困倦的清晨。两年了，肖芸还是没有办法接受如此体面的生活。她习惯了漂泊，习惯了不安，永远也想不到自己能够安安静静地躺在一张温暖的大床上醒来。

两年前的一个夜晚，她拎着一箱行李敲响了学长家的门。学长开门的瞬间，肖芸的眼泪止不住地流了下来。

“怎么了？”学长的女朋友从屋内探身问道。

肖芸尴尬地抽泣，断断续续地道出原委。中介说房东把房子卖了，今天必须搬走，走投无路的她只能来找学长。

学长的女朋友倒热情地拉她进门，照顾周全地备鞋铺床，剩下学长尴尬地站在客厅，手足无措。

那一年，她虽然刚刚毕业六个月，却也看尽了世界的冷酷。她也喜欢学长，敬慕学长，却害怕过多的打扰带来太早的结束。也许是四五个月，也许是一两年，学长就会将女朋友娶回家，她有什么理由横在他们之间，有什么勇气赖在他身边不走？

“学长，能借我三十万吗？”次日上班路上，肖芸试探地问学长。

“做什么？”

“买房！”

“好。”

“不问我为什么？”

“我知道，你需要有一个属于自己的地方。”

“我可能需要几年的时间才能还清。”

这样，也有几年的时间和你纠缠在一起。肖芸默默地独白。

那时东四环的房价刚刚过了两万，肖芸预支年终奖，凑了四十五万的首付，贷款买了这个小屋。房东阿姨说，这是儿子的婚房，可是小两口移民了，自己过几年也要走了，也许这辈子再也不回来了。

“姑娘，过两年嫁了，宁可两个人一起在外面租房子，也不要让男人搬进来。”

肖芸不解，两个人都结婚了，何必还要这样算计。

阿姨用看透一切的语气说：“这将是你在北京永远的

退路。”

岂止是北京，这是肖芸期待一生，奋斗一生，在这个世界上唯一的堡垒。这个堡垒将护卫她心中的不安，抵挡贫穷、猜忌、恐吓等一切邪恶。她不是公主，她是为自己执剑的勇士。在这座堡垒中，有她内心最渴望的温柔。

肖芸裹上睡袍起身，从门口的鞋柜上拿起早已没电的手机。通电的手机和她一样，缓缓地睁开双眼，经过漫长的清醒过程，终于进入正常的页面。

微信弹出昨晚三条未读消息的提醒。

“到家了吗？”

“今天辛苦了，早点睡！”

“明天我外出，下午回来见。”

肖芸没敢回复，转身去厨房拿了麦片和酸奶。她听到一些关于学长的传闻，却一直没有勇气去当面确认。她在犹豫，也在逃避，她需要更多的时间和空间给自己压压惊。

这一刻，她已经心心念念，好多年。

3

四月初，早已没有了春寒料峭，楼下的那三棵山樱布满了一树的浪漫。肖芸静静地站在楼门口，看树下的一桌老人慢慢地搓着麻将牌。阵阵微风送点点花瓣来到牌桌，混在 136 张麻将牌中被揉来揉去。

寒冷已经告别了北京，她也早已告别曾经寒冷的生活。曾经，她的生活围绕着各种主题打转，比如赚钱，比如逃离。而现在，银行卡的余额给了她足够的温暖，让她能在北京的严寒中得意地踩着单鞋，裹着短裙。曾经那个黑瘦黑瘦的小丫头已经在空调房里闷白了好几层，只是眼神依旧带着曾经的勇敢与坚定。

刚开始实习的那一年，肖芸几乎每天住在公司里。她太忙了，忙得看不到同学们发的那些展览、话剧，看不到他们晒的美食、风景。她没有时间外出，没有时间购物。如果某个公出的机会赶上了好天气，肖芸只能打开出租车的车窗，感受着混杂了尾气的自然。透过车窗看到的蓝天，就已经足够她舒心一整天。

当然，能让她心甘情愿地在这家公司披星戴月的重要原因，还是学长。

学长没有让她当一个只负责整理材料的普通文员，而是让她参与到项目的核心部分。挨骂已经能算得上是奖励了，被废稿甩一脸的情况也没少发生。可她就是觉得学长是她留在公司，甚至可以说是留在北京的依靠。

肖芸跟的第一个项目就出了错误。她在中期导错了一张图，导致后面的相关设计需要全部推倒重建。这一次，狂风暴雨般的训斥并未如期而至，取而代之的是更加可怕的沉默。

学长走进老板的办公室，她一个人站在紧闭的门外，承受着别人用眼神投来的挖苦、鄙夷、幸灾乐祸。肖芸知道，茶水间又要流出更多的谣言。如果学长保她，谣言会说她靠肉体留在这里，如果学长不保她，谣言会说学长终究厌弃了她——无论如何发展，都会化作别人嘴里嚼来嚼去都咽不下去的口实。

终于，门开了。学长盯着她看了很长一会儿，叹了一口气，然后扫了一圈办公室，用低沉的嗓音说："办公室开会。”

最后的结果当然是学长保了她，全组加班在结项前做完了项目。年底，肖芸靠这个项目提了一大笔奖金。她思前想后，决定要送学长一份感谢礼。是学长带她走进了这一行，也是学长让她过上了体面的日子。曾经的她，去肯德基吃个全家桶都要犹豫好久，打工三个月才舍得在淘宝买件上百元的裙子。可以说，是学长给了她面对生活的基础，让她对自己的未来充满一丝希望。

她走进银泰，想买一件拿得出手的东西。不要太高调，也不要太俗气。转了一圈又一圈，拿起的东西却又被无奈地放下。肖芸跟在学长身边两年了，学会了学长工作中的各种习惯，却完全不知道他在生活中喜欢什么。她不记得学长的皮夹是什么品牌，她也不记得学长用不用钢笔，她甚至不记得学长身上有没有香水的味道。最终，她只能在柜台小姐的建议下，买了一条颜色和花纹都很低调的领带。

她希望有一天，无论是否还能相见，当学长戴上这条领带，会想起这个经他栽培而越发成熟的学妹。

现在，这个学妹早已没有了当年青涩的外表，她依旧踩着那双红色高跟鞋，穿过缤纷的落英，怀揣着只有在思念学长时，才会泛起的丝丝青涩的滋味。

4

从家里到公司，步行大概四十分钟的距离。这四十分钟里，肖芸会遇见刚刚从超市买完新鲜蔬菜的大爷大妈，会看到匆匆走进麦当劳、肯德基买早餐的男男女女，会看到把屋内一箱箱水果搬到街面的摊主，会看到把自己塞进爆满的公交车中的上班族。她还会路过一个门口有武警站岗的大院，进去的人会在旁边的屏幕上刷出一张证件照上的大脸。

她曾经走进这座大院三次，笔试、复试、面试。那一年她读研三，是导师老杨的推荐，让她走完了层层筛选。

实习中的她第一次请学长吃饭，她说感谢学长给了她这么多，她要辞职，去一家能落户口的单位。

学长一边吃饭，一边轻描淡写地问："待遇呢？"

"试用期三千块，转正后三千五百块，提供单身宿舍。"

学长静静地看着她，良久，直接戳中了肖芸的痛处："你不是缺钱吗？"

"是！"颤抖又胆怯的声音里透露出一丝坚定。

"你一个漂亮姑娘要户口有什么用？别辞职了。我和老板商量一下，过几天按照正式员工的标准给你发钱。"

"有多少？"

"我带你，年薪不少于十五万。"

肖芸告诉老杨，她不签三方协议了，过几天回趟老家，把档案和户口落在当地人才中心。老杨气得把无线鼠标扔到墙上，电池摔出来，滚到墙角。肖芸默默地捡起电池和鼠标，重新扣好电池盖，放在老杨的桌子上。她知道自己什么也不用说，说多少别人也不明白。老杨连连叹气，用右手的食指指着肖芸，骂她不知好歹，目光短浅。

对啊，多少人愿意用几十万来换这样一个名额，可她说不要就不要了，看似连丝毫的惋惜都不曾有。唉，那时别人看不见她的悔意。她也会在夜晚暗自神伤，幻想会有一个户口本，她的姓名页中，户口所在地写着北京。

如果不曾触摸过梦想的边缘，失落感也不会如此强烈，握不住的渴望才更令人心痛。

钱，是自己的选择。既然无路可退，只有义无反顾地前行。肖芸跟着学长做项目，着急的时候忙得昏天黑地，靠着咖啡因和尼古丁撑过一个个难熬的夜晚。工资卡里的余额也的确一点点地膨胀，这成为支撑肖芸留在公司的第二大动力。第一大动力当然是学长。

工资卡余额第一次突破四个零的那天，肖芸躺在宿舍床上，心中的躁动久久不能平息。她不知道应该怎么处置这样一笔钱。无论是于她个人还是整个家庭而言，一万块钱都是难以想象的巨款。

肖芸永远记得坐着绿皮火车去武汉上学的那天。十几个小时的摇晃，晃得她头晕目眩。她带了几袋方便面，还带了一个不锈钢的饭盒，因为这样比碗面省钱。她还带了一个水杯，车上水箱里没有热水的时候，她只能忍着味道喝冷水。她也没什么行李，只带了一床薄薄的被子和几件简单的衣服。幸好那时是夏天，给她留有缓冲的时间。

她到学校的第一件事就是申请助学金和勤工俭学。老师看着这个黑瘦黑瘦的女孩，充满了惊讶。不要说什么“我要读书”“我要上学”之类的话，背后永远只有一个目的——我要摆脱曾经的生活。

什么也不懂、什么也不会的肖芸，每天晚上打扫教室，周末去商场发广告传单，靠着这些工钱，她勉强能够让自己生活得不那么寒酸。秋末冬初，同在商场工作的一个大妈给了她一床旧被子和一件羽绒服。大妈说被子是当年她结婚以后自己做的，羽绒服是前两年给闺女买的，上面有几块洗不掉的油渍，闺女嫌弃了。虽不至于对大妈感激涕零，但是肖芸知道，这个冬天，能挨过去了。

她人生中的冬天，都挨过去了。

5

公司里的人来来走走，三月底刚结算完每个人的年终奖，四月初就有一批人另谋高就了。

午间休息，肖芸组里的一个小实习生悄悄地问她："芸姐，公司的薪水也不低，为什么大家还是要走？"

"因为有的人追求的是生存，有的人追求的是生活。"肖芸一边收拾东西一边回答，"走吧，下楼吃饭。"

小实习生撇撇嘴，把想请假的话又咽了回去。

这个小实习生是肖芸亲手带的第一个"徒弟"。她有时候很犹豫，不知道这个小孩儿是不是和她有着一样的追求。

言谈里她听得出，小实习生虽然不是大城市里的富家千金，也算是北方小县城里活得滋润体面的小姐。家里盖的三层小楼有着夸张的屋檐，院子里停着的奔驰小车蒙着浅浅的一层土。可是这些都比不上小实习生毫无保留晒爸妈。无论爸妈是在院子里干活儿还是在沙发上休息，照片中的他们从不掩饰地露出牙齿，任由眼角被笑容折出缕缕皱纹。

这样一个泡在父母宠爱中长大的独生女，能不能懂得钱对于一个人究竟有多么重要？

"芸姐，你吃什么馅儿的？"

肖芸愣愣地盯着点餐牌。原来，小实习生又带她走进了楼下的水饺店。生长在南方的肖芸对水饺并没有过多的喜爱，可是小实习生却热衷于这个把菜、肉、面混在一起的食物。

小实习生曾经调侃，水饺店老板肯定是河北人，不然饺子的味道不会和妈妈包的一个味儿。肖芸笑笑，因为她记不得自己家里饺子的味道。她只记得家里曾经一家九口人，挤在桌边喝着稀饭、啃着馒头的样子。

贫穷，是她生命中永远抹不去的记忆。她穷怕了，她害怕看着同学们穿新衣服，她害怕看着同学们拿着零花钱走进小卖铺，她更害怕开家长会的时候别人看见自己的父母。

她害怕一切把自己和家庭暴露在外人眼前的事情。她只想让自己变得普通得不能再普通，让所有人都想不起来，原来身边曾经有这样一个人。

可是她的家庭那么庞大，那么贫穷，让外人想忽略都忽略不了。

曾经老师来家访，走进村子却不知道她家在哪儿。好心的村里人指着她家的方向，随口说道："一直走过去，院子最破的就是她家。"是啊，别人家至少有几间新砖房，她家还是父母结婚时盖的小土房。院墙的土坯经过了风风雨雨的侵蚀，早已垮塌下来，失去了隔离和庇佑的意义。对啊，这就是生她养她的家，却丝毫没有给她一丝暖意。

从小她就盼着住校，那样她就可以逃离农活，逃离照看弟弟妹妹，逃离一切家务。她只想读书，然后离开这里，再也不回来！

她考上县一中那年，大哥正在军校读大二，最小的妹妹才刚刚三岁。妈妈在破败的院子里一边择青菜，一边对她说："芸红啊，女娃就不要念高中啦！读那么多书，哪里还有男人敢娶你。不如跟着你表姐去广东赚钱，就算是打工也要去大城市呢！"

肖芸沉默了一会儿，第一次直白地问："妈，有我和我哥还不够吗？为什么还要生弟弟妹妹？"

可是妈妈并没有回答，只是说："你不要这样想……"

"这学我上定了，我不花家里一分钱。"

肖芸红才是肖芸身份证上的名字。但是从高中第一天的自我介绍开始，她就认定自己的名字中再也没有那一个"红"字。

"大家好，我是肖芸。"这句不需要什么语气和表情的陈述，让肖芸彻底告别了过去。她试图通过摆脱一个名字来摆脱曾经的阴影，用一个全新的环境重塑一个全新的自我。

她靠着各种零工拼凑起上学和生活的费用，靠着每一分每一秒的努力，织补出能够接受他人扫视的样貌。

如今的肖芸是她自我重塑的一面，而另一面，将会是她用一生去遗忘的痛楚。

6

下午四点半，肖芸接了学长的电话。她走进电梯间，按下了 B1 键。在这幢大楼里工作了这么多年，她从来没有去过下沉广场的那家餐厅。鲜花环绕的门头，让每个用餐的人都享受到水泥森林中不多的植物香气。

这种香气是她童年中为数不多的美好记忆。儿时的她，背着弟弟在山上打柴。贪玩的孩子们总会在干活时跑跑闹闹，跑累了就躺在漫山遍野的花草之中，任由自然的清风包裹着自己。那时的肖芸还不懂贫困的意义，只记住了天空中奔跑的云朵和山头上泛滥的花海。

现在，花海后面的学长坐在靠窗的木椅上，手中拿着茶杯轻啜。这一幕，好似她第一次在老杨办公室见到他时一般。

也是四月的一天，老杨告诉她，有合适的实习单位招人，赶紧到她的办公室去。她从图书馆收拾了一下书包，一路跑到老杨的办公室。轻轻敲了两下房门，肖芸推门而入，只看见逆光之下的窗边有个清瘦的身影，手里拿着纸杯，微微润了润唇面。

学长转过来的那一瞬间，她希望这个人能够给她的生活带来更强大的力量，让她能够不用奔波三五个场所，只为每小时十四块钱的打工钱。

这个人做到了。这个人带着她走过所有的低谷，推着她走进独自享受生活的美梦。她希望这个美梦之中能够再多一个人分享，希望和她分享的这个人就是眼前的他。

“我单身了。”学长简单地抛出四个字，却字字砸在肖芸的头顶。

“我听说了。”肖芸怯懦地回答，终于印证了心中的疑惑。

“搬到我家住吧！”学长放下茶杯，紧紧盯住肖芸闪烁的目光。

“那……我借的钱，是不是不用还了？”肖芸微微上扬嘴角，第一次真诚地对人微笑。

（作者／刘乐心）

我能遇见你，已经很不可思议了

1

苏飞觉得自己必须离开这个城市了。

空气越来越脏，交通越来越堵……但苏飞觉得这些都和自己没关系，管他 PM2.5 还是“PM5.2”，难道还真得戴个防毒面具不成？

苏飞站在办公楼的窗前，看着两百米外就开始变得迷蒙的城市，然后点了一支烟。

相比起城市环境的好坏，苏飞更关心一些切实的问题。

吸入 PM2.5 苏飞不会挂掉，但是明天再不发工资，苏飞就得饿着。

生活压力越来越大了，最近房东老太太总在唠叨个不停，大意是，他再拖欠房租的话，就从这个院子搬出去。苏飞他爹也总在电话里唠叨，大意是说要苏飞过年前带个女朋友回去。

早上没来得及洗脸，加上两个黑眼圈和大眼袋，使苏飞整个人看起来就像是刚从稻草堆里爬出来的老母鸡。

如果有人靠近苏飞三尺之内，便会感受到苏飞散发出来的满满负能量，能让接近者瞬间从精神亢奋变得萎靡不振，用同事的话说，能毒死人。

另一个同事说，苏飞身上负能量的威力堪比永州异蛇，触者尽死。

等到手中的烟抽完的时候，苏飞已经做出一个重大的决定，他将烟头随意丢在地上，一脚踩灭，走回办公室。

2

苏飞决定来一场说走就走的旅行。

其实苏飞很烦“一场说走就走的旅行”这个说法，总觉得是一帮不缺钱的人吃饱了没事干撑出来的调调。

虽然很烦那种说辞，但苏飞依旧决定来这么一次，如果再不走，他担心自己会不小心把办公室烧掉。

当苏飞向老板表达出需要休息几天的意愿之后，老板的态度出奇的好，甚至可以称为和颜悦色，并且痛快地让苏飞先从财务那里支取两千块工资，看来他也已经意识到将苏飞继续留在办公室后果并不理想。

苏飞站在火车站前，看着熙熙攘攘的人群，想着自己也要加入其中，就不由得有些泄气。苏飞去了售票处，排在队伍的末端。

苏飞还没决定好去哪儿，但既然是一场说走就走的旅行，那就索性漫无目的一些。于是等待的过程中，苏飞抬头看起悬挂在上方显示着车次目的地的巨大 LED 屏幕来。

巨大的 LED 屏幕上滚动着地名，苏飞目光上下扫动，同时掂量着口袋里的两千块能够去哪儿。

大连……青岛……

苏飞一直想去看看大海，三亚、海口之类的是想都不敢想了，大连、青岛其实也不错。但是一会儿苏飞就放弃了，原因是这两个地方来回坐普快硬座，也会消耗掉他一千多块钱，何况去了还要吃住，口袋里的两千块明显不够。

杭州、武当山、九寨沟、成都……一个个地名从计划中划去，苏飞渐渐变得烦躁起来。

叮……

“在忙什么呢？”

一个头像看上去乖巧精灵的女孩发来微信信息，苏飞的脸色瞬间变得温柔起来，嘴角泛起和煦的笑容。对比起他刚才的状态，这笑容简直像是回光返照。

苏飞把之前跟女孩的聊天信息翻看了一遍，又把女孩的头像点击放大，深情注视，其间一直满含笑容，眼波中流转着无限柔情。

女孩有个好听的英文昵称叫 Flora，苏飞专门查过，是花神弗洛拉的名字。

3

苏飞跟 Flora 是两个月前在豆瓣上认识的。Flora 是一个很文艺的女孩子，经常在豆瓣上分享自己的一些心情，写一些小文章，有时候还会配上一张可爱的自拍，是那种标准的豆瓣文艺小清新风格的女孩。

Flora 在豆瓣有着不少的关注者，却也没有达到那种“红人”的级别，而苏飞是一名图书编辑，主要做一些豆瓣红人的随笔文集，在为一本情感故事合辑约稿的时候认识了 Flora。

两人一开始只是因为合作关系聊几句，后来渐渐变得熟络，话题也更加广泛并且深入起来。

他们一起聊看过的书和电影，聊豆瓣小组里的各种八卦，聊各自的情史和前任，聊到兴起的时候还会聊一些两性私密话题。有时候也会约好一起看同一部剧，一边看一边吐槽。

自从认识 Flora 以后，苏飞觉得自己在一点点改变。

以前苏飞是个愤青，每天都在微博上痛斥社会的不公、人心的堕落，平日里也总是眉头紧锁，指间夹一支烟，脸上是长期熬夜带来的油腻和粉刺，一副忧国忧民的样子。

苏飞是个宅男，但是跟普遍意义上的宅男并不同。他不玩游戏不看动漫，对于二次元的世界并不沉迷，甚至他也不怎么在网上聊天，也不看网上女主播们的真人秀表演。他只是不喜欢出门，不逛街，闲暇时间都在家里发呆或者睡觉。

苏飞把自己宅的原因归结于没钱。出去一趟哪儿不得花钱啊，总不能出去不吃不喝不玩光低着头轧马路吧。

至于恋爱，那是更不能谈了，现在又不是穷学生时代，在校园或者公园里散散步，草坪上坐着聊聊天就能把恋爱谈了。

现在谈恋爱你得请人家吃大餐吧，得逛商场吧，这都是钱哪！

所以苏飞心安理得地宅着，有时候也会在发呆的时候幻想一下自己突然得到一笔横财，搞个大别墅，前面停着保时捷小跑车后面拴着大金毛，阳台上展览着一袭白衣的女神……

Flora 的出现改变了这一切。她简直是作为苏飞的反面而存在的，她对一切都充满好奇心，喜欢新奇新鲜的事物，思维活跃，有些神秘和难以捉摸。

有时候 Flora 会拖着苏飞认真研究半天星座，并且对于苏飞无法提供准确的血型表示遗憾，这使得她的研究无法更加精确；有时候又会在半夜找苏飞一起研究人的灵魂问题。当苏飞开始认真地研究这些神秘玩意儿的时候，她却已经把兴趣转向了某款香水或者口红了。

苏飞从来没有遇到过这样新鲜好玩的女孩。过去苏飞接触的女孩子总会先问他：哪里人？做什么工作？工资多少？有没有房子？这样的女孩让苏飞感到丧气或者愤怒，丧气的是遇到漂亮女孩这样问他，他觉得自己一个条件都满足不了；愤怒的是遇到那种不漂亮的女孩这样问，苏飞会觉得就凭你也敢要这要那的。

Flora 不会这样，她只会跟苏飞谈梦想谈远方谈八卦，总是能带给苏飞新鲜感，让他觉得原来生活还可以是这样子的，还有这么多好玩的事情，同时让他心底潜藏很久的对于爱情的渴望开始蠢蠢欲动。

4

苏飞突然眉头一挑，狠狠在自己大腿上拍了一巴掌，脸上满是按捺不住的欣喜和恍然大悟。他飞快地在手机上输入一行字："我在去北京的路上！"

发送完毕后，苏飞仰起脸深呼一口气，突然明白了自己这些天为什么会这样躁动不安，也明白了自己根本不是想来一场漫无目的的旅行。其实在他的内心深处，方向和目的地早已确定。

Flora 在北京。

鼓楼的炒肝、簋街的烤串、南锣鼓巷的小店、后海的酒吧……这些在苏飞的脑海里已经想了好多遍，因为Flora跟他说过好多遍。

Flora总是说，你来北京，我带你去玩啊！

苏飞很宅，还没有去过距离他所在城市不算远的北京。

消息发出以后，苏飞又陷入纠结之中，不知道这样会不会有点唐突，万一Flora不愿意见他该怎么办？

好在苏飞没有纠结太久，手机的消息提示声很快响起。

“你们天秤座居然也有这样勇猛的时候嘛！你要真来，姐姐全程陪你玩！”

苏飞的心开始火热起来。

“去哪里？”

一个冷冰冰的女声打断了苏飞的遐想，他抬头一看，不知不觉中，排在前面的长队已经消失，自己正站在售票窗口前。穿着制服的女售票员不满地瞪着一脸呆笑的苏飞，排在后面的一个大口喘气的大黑胖子也正对苏飞怒目而视。

苏飞自知理亏，手忙脚乱地掏出身份证递进去，说要一张最快的去北京的票。

高铁以三百公里的时速飞驰在华北平原上，车窗外望不到边的农田一直延伸到视野的尽头。

一路上Flora的信息不时发过来，指点苏飞如何在手机上预订酒店，规划接下来几天的行程。

列车在北京西站缓缓停下，苏飞觉得如梦似幻，几个小时前，他还在汹涌的人流中烦躁得不得了，此时此刻他已经满怀期待，在这车站之外，有一个美好的女孩子等着他。

苏飞突然紧张起来，对着手机屏幕又拨弄了一番头发，上下检查了一遍自己的着装，确保不会发生诸如裤子拉链没拉上这种影响形象的事情。

其实苏飞生得面目清秀，要不是宅的生活使得整个人略显萎靡，也能跨入帅哥的行列。在出发前，他精心将自己的面貌收拾了一下，换了几件看着精神的衣服，现在想来真是英明之举。

他一边随汹涌的人流往出站口走去，一边左顾右盼，好像Flora会突然在人流中出现似的。

通过出站检票口之后，苏飞一眼看到了那个在人群中左右寻觅的高挑女孩，深吸一口气，向女孩走了过去。

女孩发现了苏飞，大眼睛荡漾开笑意，对着苏飞招了招手，迎了上来。

苏飞走过来的时候还信心十足，此时却手足无措，有些局促地对着走来的女孩伸出手说：“你好，我是苏子。”

苏子是苏飞的豆瓣用户名，微信也是用这个昵称，两人一直在网上交流，习惯了用网络昵称。

女孩伸手跟苏飞握了一下，嘻嘻一笑，说道：“我叫方落，你可以叫我落落。”

“啊，呃，那个，我叫苏飞，你可以叫我……”苏飞本来想学方落说，你可以叫我飞飞的，话到嘴边又觉得不妥，生生刹住，不禁有些发窘。

“哈哈哈，你太逗了，我要叫你飞飞吗？我养的二哈就叫飞飞呢！”方落笑弯了腰。

方落穿着利落的黑色短裙，黑色的裤袜勾勒出修长的双腿，小脸大眼睛，笑起来的时候嘴翘向一边，带着一点俏皮。

不管有心还是无意，总之有了一个比较欢乐的开场，两人随意地聊着天往外走。

“你还没吃饭吧？我带你去吃炒肝好不好？”

“好啊，听你安排。”

“吃完炒肝我们去逛南锣鼓巷，那边有一家特好吃的奶酪店，带你去尝尝……你喜欢吃奶酪吧？”

苏飞拼命点头，虽然他不是一个吃货，对于奶酪也没有什么特别的爱好。

“哎呀，不行，你累了一路，我们还是先去酒店放下行李再说，反正酒店就在那边附近。”

酒店是方落选的，距离南锣鼓巷不远，外面看着古色古香的。

苏飞向前台报上自己的姓名和手机号，前台姑娘熟练地输入，核实信息之后抬头问道：“请问您几位入住？”

“两位。”当苏飞还在踌躇的时候，方落已经从包里取出身份证递了过去。

苏飞的心狂跳，努力不动声色，点点头，把自己的身份证也递过去。

“说好全程陪你玩，就一定会做到。”方落嘴角翘起看着苏飞，眼睛清澈明亮。

5

他们去鼓楼吃了炒肝。这里的炒肝勾着厚厚的芡粉，跟苏飞家乡的炒肝味道不同，其实苏飞并不觉得特别好吃，然而当方落满怀期待地看着他的时候，他还是很大口地吃着，并且赞叹味道真好。

他们去了南锣鼓巷，看那些古色古香的街道与小巷，看那些好看时尚的女孩子，看情侣们挽着手走过街头。他们在每一个小店之中逗留，买那些好玩的小饰品，吃了奶酪店的奶酪，不时被卖花的大妈尾随。

他们乘地铁穿越半个城市去海淀区的华星UME看电影，那时候《心花路放》正在热映。不知道什么时候方落的头轻轻地靠在苏飞的肩上，好闻的发香钻入苏飞的鼻子，让他呼吸急促，心跳加速。

电影里黄渤唱道：

是不是对生活不太满意
很久没有笑过又不知为何
既然不快乐又不喜欢这里
不如一路向西去大理
路程有点波折空气有点稀薄
景色越辽阔心里越寂寞
不知道谁在何处等待
不知道后来的后来
谁的头顶上没有灰尘
谁的肩上没有过齿痕
也许爱情就在洱海边等着
也许故事正在发生着

感受着肩头靠着的女孩身上传来的淡淡体温，苏飞觉得自己就像是电影里一路向西去大理摆脱痛苦和寻找爱情的黄渤和徐铮一样。在出发之前，他觉得一点都不快乐，也不喜欢那座待了多年的城市，现在他觉得自己终于找到了此行的目的和意义，遇到了自己生命之中所渴望的那个人。

从电影院出来的时候，他们的手自然地牵在一起。他们在附近逛街，去方落说了很多次的寿司店吃寿司。一直到天黑以后，他们又穿越半个城市回到出发的地方，然后去了后海边。

后海的水面上倒映着两岸的灯火，波光粼粼，有花灯船在水面上漂荡。四周到处都是歌声，汪峰的歌在这里大受欢迎，随处可以听到《北京北京》或者《存在》《生来彷徨》。一个没有客人的酒吧里，年轻的男孩独自认真地演唱着张学友的《情书》；透过玻璃橱窗，他们看见跳钢管舞的女孩把自己柔软的身躯任意扭曲，上下旋转飞舞。

苏飞和方落找了一家客人不多放着民谣的酒吧坐下来，喝着威士忌聊天，诉说着彼此的过往和对未来的向往。

第二天他们去了故宫，两人租了皇帝和嫔妃的服装穿着疯狂拍照，然后一起去看了“甄嬛娘娘”的住处。苏飞说，要是能穿越，他不喜欢做皇帝，宁愿做个无所事事安享太平富贵的果郡王。方落说，她要穿越回去成为超有范儿的华妃娘娘。

从神武门出来，他们坐上人力车去看北京的胡同，听人力车师傅讲“门当户对”的典故。之后他们便在附近漫无目的地闲逛轧马路。

在穿过一座天桥的时候，苏飞停下来，转过身看着方落，说：“落落，我们在一起吧。”

尽管苏飞觉得他们已经“在一起”了，但还应该来一个正式的表白，他热切地看着方落。

没有风，雾霾中的天桥上，方落的眼睛依旧清澈好看。

“苏飞，你真的喜欢我吗？”

“喜欢啊！”

“可是我们才刚认识嗳！”

苏飞沉默了，脸上是无法掩饰的惊慌，他不明白为什么方落会这样说。

“落落，我是认真的，如果不是真的喜欢你，我不会跑到北京。我想好了，回去我就辞职来北京，我是做编辑的，在北京认识很多圈子里的人，找工作还是比较容易的。”

“可是你现在喜欢我，几个月后呢？一年后呢？你能一直喜欢下去吗？”方落的眼神暗了下去，目光转向一边看着远处雾霾中的北京。

“当然能啊，一年，十年，一辈子，我都会喜欢你的！”苏飞大声地保证。

“对不起，尽管这样说会很伤害你，但是我真的还没有准备好我们在一起，希望你能理解。”

方落转过头来看着苏飞，眼神重新亮起来，只是这眼睛让苏飞觉得看不透。

苏飞想问为什么，张了张嘴，终究没有发出任何声音。

方落走近挽住苏飞的手臂，轻轻地说：“别问为什么好吗？你回家去吧，如果有缘我们终究还是会在一起的，你就当我们是暂时的分开。”

感受着方落手臂上传来的温度，苏飞的心又变得柔软起来，可是他依旧觉得不安，像是落入了一片汪洋之中。

6

他们回酒店的路上，方落紧紧挽着苏飞的手臂。他们收拾行李离开，找了最近的小酒吧坐着，不说话，只是点了两杯鸡尾酒静静地坐着。

一直到天色将黑，方落才把苏飞拉起来，说："你再不走就赶不上火车啦！"

"落落，让我送你回去吧。"苏飞请求。

方落很坚定地摇了摇头，站起身往外走去。

他们走向地铁站，经过一家小店时音响很大声地放着李圣杰的《手放开》。

他们在地铁站里分别，苏飞看着方落踏上回家的地铁。列车呼啸而去，带起的风穿过汹涌的人潮。

半个月后，苏飞带着行李再次出现在北京。这次来车站接他的是一个在群里认识的图书编辑。

他已经跟北京的一家文化公司谈妥，随时可以去上班，他暂时寄居在来接他的那个编辑家里。

他再没有见到过方落，只是有一次收到一条信息，方落说：那天走过街头，突然想起了你的侧脸。

此外，方落再无音信，无论苏飞发什么消息，都没有再收到方落的回应。

苏飞有时候会去那些他们曾经走过的街道和小店，希望能够与方落不期而遇。

圣诞节的时候，苏飞看到方落的豆瓣更新，一束巨大的玫瑰花的照片，大概是999朵吧，还有方落一脸幸福地依偎在一个男生怀里的照片。

7

苏飞戒了烟，不再宅在屋里，不再跟人在网上论战，他看书，跑步，看电影，户外徒步，像个真正的文艺青年。

一年过去了，苏飞还是一个人，对于感情，他并不着急，如果没有合适的人出现，他觉得就这样也挺好的。

偶尔想起那个生命中曾经出现过的女孩，苏飞想到一句话：我能遇见你，已经很不可思议了。

（作者/丁麟）

愿无岁月可回头

1

大概真的有命中注定吧！

这是苏冉再次见到陈昭的时候，脑子里蹦出的唯一念头。

眼前这个西装革履的男人坐在背光的位置，脸被逆光蒙上一层灰色。婚礼厅堂熙攘吵闹，陈昭将身子探过去，离她更近些，“我们有几年没见面了吧？”

“五年了。”

“哦，对，你记性还蛮好的。结婚了吗？”

“连男朋友都没有呢！”

“是不是眼光太高了啊？”陈昭笑笑，露出整齐洁白的牙齿。苏冉喝了一口红酒，说：“你呢？你结婚了？”

陈昭神色坦然，眉目中还夹杂着一丝遗憾，说道：“眼下事业才刚刚起步，结婚这事儿，还没来得及考虑呢！”

苏冉的目光落在陈昭的无名指上，上面有一圈指环的印记。她笑笑，顺着他的话，说：“咱们班的光棍可不多了啊，快抓紧吧！”

漫长的婚礼仪式早就过去，这一桌大学同学拉着新郎灌酒。苏冉有些招架不住，寻了个理由想要逃离这里。

春雨来得突然，天阴沉着，雨下得不大，却很密集。苏冉皱着眉头，前一只脚才踩进雨里，冰凉的雨水刚打湿她裸露的小腿，她就被一个温柔的力道拉了回来。

是陈昭。

“我有车，送你？”

苏冉没有拒绝，点了点头。

2

车里放着一首叫不出名字的老歌，配合着外面哗哗的雨声，温柔的女声唱得更加缠绵：“我就相信你还爱我吧，那些回忆你无法忘怀吧。”

酒劲上来，苏冉的头昏昏沉沉的，她听见陈昭问道：“时间还早，我们找一家咖啡厅喝点东西？毕竟许久不见了，也叙叙旧。”

苏冉点头，忽地像是想起来什么一样，问：“你和周佳佳，还有联系吗？”

“毕业以后就删除所有联系方式了。”陈昭嘴角上扬，弯成一个好看的弧度，“那个女人啊，听说找了个富商，才毕业就结婚了，现在应该在国外吧。”

苏冉“嗯”了一声，说道：“我记得大学那会儿，你追了她好久才追到手呢，我以为你们能走到最后的。”

“那时候懂什么。”陈昭哈哈一摆手。苏冉没再搭话。车子里陷入沉默。

苏冉换了一个姿势，整个人窝在车座里。往事又一幕幕浮现在眼前。

当年陈昭追周佳佳非常轰动，几乎人尽皆知。他为了这个建筑系的系花，送玫瑰，弹吉他，挨过骂，也被泼过冷水。甚至不知道他买通了哪里的关系，竟然在校庆的LED屏幕上播放百人祝福视频，结尾处，他捧着一束满天星，当着全校师生，在屏幕里面告白。

“周佳佳，我爱你。”

直到过了许多年，这个情景还被后来的人津津乐道。

而这一切在现在的陈昭眼里，都变成了轻飘飘的一句“不懂事”。苏冉突然很想问问那时候的陈昭，若是早就有这样的觉悟，还会不会去轰轰烈烈地追求她。

“那时候太年轻，都是荷尔蒙作祟。打个不恰当的比方吧，就是再难燃起来的干柴，碰到烈火，都要把持不住地烧起来，更何况……我那时候还是挺帅的。”

苏冉的心思被陈昭轻松的打趣拉了回来。她转过头，看着陈昭。他已经三十岁了，面部线条硬朗，已然成长为一个成熟的男人。他浓眉大眼，周身散发的气质也绝对符合“儒雅”二字，可是在他英俊的眉眼之中，苏冉总觉得有一股说不出的油腻。

“怎么？我脸上有东西？”

苏冉不好意思地笑了笑。陈昭爽朗一笑，将车子稳稳地停在车位，绅士地为苏冉拉开车门，并将自己的西服脱下来，为她挡雨。

苏冉抬起头，张扬的红色灯牌在阴雨天里格外显眼，店名是一串英文——Attached。

3

两个人坐在角落，这个位置有一扇复古的屏风将他们围起来，透过缝隙，能看到一对对情侣头贴着头，窃窃私语。苏冉看得出了神，直到陈昭的手在她眼睛前面晃了晃，她才反应过来。

居然分心，真是太没礼貌了。苏冉心想。低头喝了一口咖啡，“啊”的一小声惊呼，她捂住了嘴巴。

“烫到了？”陈昭没忍住笑，用纸巾轻轻擦去咖啡渍。

苏冉愣在原地，有些缓不过来神。毕竟两个人能坐在一起喝杯咖啡，对于苏冉来说，一度是个梦想。

但对于陈昭来说，她不过是非常普通的大学同学。那四年中，他甚至没正眼瞧过她。

说的也是，那时候的苏冉皮肤黝黑，相貌也不出众，整日都是一个人穿梭在校园里的各个角落。要不是周佳佳跟她在一个寝室，想必直到毕业，陈昭都不会注意到自己吧。

他的羞涩着急她看过，他的狼狈尴尬她也都在一旁目睹过，甚至那个百人祝福的采访都是靠着苏冉东跑西颠才得以完成。他们的关系更像是盟友，一个觉得这女生真是好打发，不管自己怎么折腾，回头买一杯奶茶或是请一顿饭，她就心满意足；一个则偷偷怀了不为人知的小心思，整日帮他追求那个他爱的女生，只为了在他身边。

后来陈昭终于如愿以偿和周佳佳在一起了，虽然这件事让那时候的苏冉一度觉得无法忍受，但这一切若是少了自己的助攻，怕是也没有那么顺利吧。

“刚才敬酒的时候，我真是有点吓到了。”陈昭看着苏冉，眼睛里面有暧昧的东西，让苏冉有些看不懂，“你什么时候这么能喝了啊？”

苏冉犹豫了一下，随即开口：“替周佳佳挡酒练的。”

她半仰着头，有着故意的成分，想看看陈昭听到这句话的尴尬神情。可陈昭的脸上依然挂着人畜无害的笑，他说：“这么多年了，你还这么记仇啊？”

这一番话说得苏冉愣了一下，张了张嘴，却没有发出任何声音。

陈昭语气里的不在乎，将苏冉的思绪一下子拉到大学毕业前的两个月。

4

临近毕业，大家已经开始吃散伙饭。周佳佳讨厌酒味，撒着娇找到陈昭，让同专业同寝室的苏冉替她挡酒。

“你知道的，佳佳身子弱，被灌了酒会难受好久，你帮我一下嘛，好不好？回头我给你买奶茶。”

彼时的陈昭软磨硬泡地求苏冉。苏冉心里烦得很，正要拒绝，听到陈昭说：“你要是肯帮我这个忙，我就答应你一个条件！什么都可以！好不好？”

陈昭眼睛亮晶晶地看着苏冉，双手合十，做祈求状。苏冉一个心软，就答应了他。

那天苏冉像个汉子一样，替周佳佳挡各个男生的酒。自己喝得上吐下泻，不省人事。她本来就对酒精过敏，还没熬到宴席结束，就被火速送到了医院，胃穿孔，差一点就死了。

她在医院里昏迷了一天一夜，醒来的时候病房里没有任何人守候在旁。她拨通了陈昭的电话。

“你之前说只要我替周佳佳挡酒就答应我一个条件的。”

“哈哈，你还当真啊！”毫不在乎的语气。苏冉的心里咯噔一下。

“说吧，什么事儿求我？”

求？听到这个字眼苏冉皱紧了眉头，握着电话，良久，才缓缓开口：“我喝酒喝得胃穿孔了，现在在医院里，能不能给我买碗粥过来？”

“呃……我没空啊，陪佳佳在灿阳路逛街呢！”

那里距离苏冉所在的医院走路不过五分钟。苏冉在电话这头苦涩地笑了笑，眼泪就掉了下来，说：“那好，你忙吧！”不等那边再说什么，她就挂断了电话。

从此以后，她和陈昭的关系渐渐疏远。其中有她故意的成分，但更多的却是，她已经没有了利用价值，陈昭自然也不再理她。

再次接到陈昭的电话，已经是一个多月以后。

他有些艰难地开口问苏冉：“能不能借我点钱？佳佳怀孕了，我们……”

话未等说完，苏冉就坚决地说：“不借。”

“你怎么可以这样！不看在我的分上，你也要顾虑一下佳佳！她可是你的室友！要是不去好一点的医院做手术，可能一下子没了两条生命！”

“我七个室友，难道每一个都要我管？”

“苏冉，我真没想到你竟然是这样的人！果然长得丑的都恶毒！”

啪的一声，陈昭就挂了电话，留下一片忙音。

苏冉将手机扔在床上。她在陈昭心里的形象，竟然已经是恶人了。

他爱惜周佳佳的命，可当初自己为周佳佳挡酒，她的那一条，也是人命。

5

但纵然如此，苏冉也没有恨过这个男人。那次以后，两个人便彻底切断了联系。再见面的时候，已经是五年之后。

这五年来，苏冉一直没放弃过寻找他的消息。他与往日旧友还有一些联系，苏冉常常约他们聊天。

学生时代这个不起眼的小姑娘已经出落得亭亭玉立。从前她总替陈昭跑腿，那些人与她有些交情，自然欣然赴约。苏冉总是不动声色地将话题引到陈昭身上去。

他什么时候和周佳佳分了手，在哪家公司任职，甚至不声不响就结了婚，她都知道。

她从未想过找到他。那时候，自卑像是一张网一般将她牢牢捆住，这么多年过去了，她也无法喘气。当初两个人决裂之际，他说的那句话，一直像是一把刀一样，插在她的胸口。尽管后来她努力变美，练就了强大的气场，可那个“丑”字却始终像是苏冉无法过滤掉的病灶。她用自身的血液和温度将它慢慢养大，最后便真的成了身体的一部分，无法割舍了。

可是，命运竟然又让他们见面了。两个人竟然出现在同一个婚礼上面，一起喝着咖啡，谈论往事，云淡风轻。

这是苏冉心心念念盼了五年的事情。看着眼前这个人，她突然有些分不清了，看向他，一字一句地说："你知道吗，在相当长的一段时间里，能跟你这样坐着，像是好朋友一样说说话，都成了我的梦想。"

"我听说你和我的一些朋友关系一直不错，通过他们可以找到我的。"陈昭眼底有些不敢相信的神情，"说得咱们好像天各一方似的。"

"那次……你不是和我绝交了吗？"

听到这里，一直不动声色扮演成熟男人的陈昭，手轻轻地抖了一下，这个小动作一下子就被苏冉捕捉到。

她知道那次两个人因为没有钱，去了一家不正规的医院，发生了医疗事故，周佳佳再也不会有自己的孩子。他们两个人从此分手，没有任何往来。

周佳佳为人泼辣，人缘不好，陈昭因为周佳佳得罪了不少兄弟。那个时候他们真的借不到钱，能帮他们的，只有苏冉。

若是当初苏冉肯借钱给他们，或许就不是这个结果，更或许，他们已经结婚了吧。

成也苏冉，败也苏冉。那个时候说过死也不会原谅她的男人，竟然故意隐瞒自己已婚的事实，与她坐在咖啡厅里，导演着一出暧昧的情景剧。

命运还真是讽刺。

6

想到这里，苏冉的嘴角划过一丝讽刺的笑。随即她像是想起什么一样，问陈昭："还记不记得你说过答应我一件事，不论是什么？”

“你呀，还这么可爱。”不过几秒的工夫，陈昭方才那局促的表情就再也看不见了。陈昭看着她，眼底有着温柔的笑意。那么温暖的笑容和五年前的他一模一样，让苏冉一下子有些走神。

“说吧，什么事儿求我？”

嗯，什么事儿求我。

苏冉从那笑容中回过神来。他的答案，和五年前一模一样。

她看了看他故意握起的拳头。不管他怎么隐藏，那一圈粉色的戒指痕迹都无法消退。她不动声色地端起咖啡，想要掩饰自己的兵荒马乱，却被呛住。

“咳咳咳。”苏冉剧烈地咳个不停，眼泪都掉了出来。

待平复以后，她对着陈昭笑了笑，礼貌而疏远：“没什么，送我回家吧！”

7

雨越下越大，前面雾蒙蒙的一片，苏冉突然有了一种“恍如隔世”的感觉。

两个人之间，已经过去了五年。

年少时犯下的错误早已经被时间磨平了，自己一直抓着不放的，早已经不那么重要了。她还好好地活在这世界上，她并没有和周佳佳的孩子换命。但是她们也都受到了惩罚。

周佳佳再也不会做妈妈了，而苏冉自己，在那次手术以后身体一直很糟糕，时常要靠吃药来维持。

这一切的罪魁祸首，正是眼前的这个男人。可他像是忘记了这一切一样。他已经重新出发，只留下另外两个当事人停在原地，同样被愧疚感折磨，无法挣脱。

所以自己到底爱慕这个男人哪里呢？自己到底是为了什么纠缠不放？甚至在看穿他不过是在与自己暧昧演戏的时候，还能期待接下来可能会发生的故事吗？

这五年来坚持的感情，被陈昭与若干年前一模一样的回答，彻底否决了。苏冉像是看到了可怜兮兮的自己独自望着医院天花板流泪的场景。那个小女孩一直都存在于她的记忆当中，只是现在，苏冉才明白，这么深重的感情，这个男人无法承受。他只愿意迎接生命之欢，对于那些苦痛，他从来没有一刻想过要承担。

陈昭已经起身，他绅士地伸出手，似乎等着苏冉将手放上来。

苏冉微微一笑，说："其实你已经结婚了吧？虽然戒指被摘下来了，可是那一圈印记，骗不了人的呢！"

苏冉话音才落，陈昭脸上的微笑便瞬间凝住。他尴尬地笑了笑，没有一句解释便仓皇而逃。

一切都过去了，曾经累死人的爱，累死人的恨，都过去了。

对于那个渐渐消失的男人，她还有什么过不去？

想到这里，苏冉看着那个忽地变得落魄的背影，轻轻地笑了。

（作者／代琮）

陪你说一世晚安

1

三天前，朱珊珊突然打过来的电话，吓了我一跳。看着屏幕上这个在手机里躺了快两年的号码，我不知道该不该接。

最终，我还是没有按下接听键，一分钟过去了，电话自动断掉。我长舒了一口气，以为事情就这么完了，朱珊珊却又发来了一条短信："你新书的名字和文案也是醉了，还《晚安就是我爱你》。你什么时候开窍的呢？"

我赶紧搪塞道："是编辑写的，和我没关系……"

沉默片刻，朱珊珊问道："你好吗？"

我突然一阵难过，眼泪差一点就滚出来了，但强颜欢笑道："挺好的，嘿嘿，比以前好多了。"

五年前的国庆节，我独自买了去湖北黄石的车票。临开车前，朱珊珊冲到候车室满世界喊我的名字，泪眼婆娑。我赶紧从角落里钻出来把她拉到一边，叫她别喊了。她一见我，就对我拳脚相加，打完了又扑到我怀里哭。

她一哭我心就软了，帮她擦掉眼泪。她抬起哭肿的眼睛问我："你咋一句话不说就跑了？你不是说以后要娶我的吗？怎么现在跑得像送死一样快！”

我说：“我爸妈离婚了，没有人管我，也没有人拿钱给我读书，我连饭都吃不起了。我自身难保，怎么娶你？我们都还小，你那么漂亮，成绩那么好，身边追你的人一大堆……”

啪！我话还没说完朱珊珊就给了我一耳光，怒目圆睁，“你再瞎说！”

我不敢瞎说了。

我们相拥告别，朱珊珊一边整理着我的衣服一边说：“你是一个独立有抱负的人，我相信再大的磨难对你来说都是小菜一碟。不要怨你的父母，不要拿上一辈人的事来禁锢自己。”

虽然对未来一片迷茫，但朱珊珊的话无疑给了我很大的力量。

然后我告别了这辈子我唯一想娶的姑娘，踏上了去黄石的列车，离开了重庆。

列车开动的那一刻，我看着窗外渐渐远去的朱珊珊和熟悉的风景，在心里发誓，以后一定要挣大钱，买小车和大房子，把朱珊珊娶回家，让她过上世界上最幸福的生活。

2

黄石是个小城市，以前都没有听说过。小城市对那时候的我来说，意味着的不是惬意和舒适，而是工资少，没前景。这是一件特别难受的事情，加之每晚我还经常看书到两三点，第二天又困又累，日子就显得更加难熬。

我工作的地方叫团城山，附近有一个风景很不错的公园，公园里有个周围铺满草坪的人工湖。下班以后我很喜欢躺在草坪上幻想自己的未来。我一般都会躺到晚上，夜幕降临的时候在这里能看到很多星星，然后我一边看星星一边给朱珊珊打电话。我们聊很多东西，话题涉及各自的生活以及周围的人。

这是我那段难熬的时间里最开心的事情，胜过其他事情。

朱珊珊会问我："你缺钱吗？我给你打点。"

一提到钱就心酸啊，但是我好面子，强撑着脸面说："不缺！虽然工资少，养活自己不成问题。"第二天，我的银行卡里多了一笔钱，我知道是朱珊珊打的，虽然只有几百块，但我知道那是她接近半个月的生活费。

多好的姑娘。

后来感觉能聊的好像都聊完了，天天打电话没有了说不完的话，加之那时候穷到连话费都成了负担，电话不敢多打，就改成了发短信或者有一句没一句地聊手机 QQ。不管是短信还是 QQ，每晚睡之前朱珊珊都会给我发一句"晚安"。我有些不习惯，就嘲笑她："哈哈，你别跟电视剧和小说里学，搞那么文艺做啥？"她有些生气："我偏要说！"我说："我是真不习惯说晚安，你说吧，我睡了。"我以为她之后就不会再说了，结果依旧每晚都说，我也就没跟她较劲儿了，只要她喜欢，想说什么都行。

朱珊珊的晚安陪伴了我青春里最黑暗的一段时光。那段日子我从南跑到北又从北跑到南，最后跑到了北京。我知道我不能再跑了，再跑我就没地方去了。但我依旧很穷，生活一团糟，更重要的是，我有三年没有回过家，也没有见过朱珊珊。

虽然我偶尔会去网吧和朱珊珊开视频，但总觉得缺点什么。我在想，再久一点，我会不会连她真实的样子和气息都忘记呢？我不知道。

我说我上网的时间马上就要到了，网管一会儿会掐掉我的电脑，没准还会把我赶出去。朱珊珊就笑了，说："别逗，你加点钱呗，我想再看看你。"我掏了掏口袋，心想："就剩下吃盖饭的钱了，如果再加，就只能啃馒头了。不过没关系，能看看你，喝粥也没关系。"

那些日子真惨，惨到回味起来我都感觉有些不真实。不过开心是真的，只要朱珊珊一笑，我内心就会雨过天晴。

要关视频的时候，朱珊珊说："嗯，晚安。"

我正想笑，朱珊珊突然大声说："你三年都不回来，我对你说句晚安你还笑，笑屁笑，有什么好笑的！"

我怔怔地看着电脑里的朱珊珊，不知道说什么。

朱珊珊也看着我，过了一会儿，她哭了，脸上的泪水稀里哗啦的。

我说："朱珊珊，我爱你，我会把你娶回家，你别哭了。"

镜头前的朱珊珊哭得更厉害了。

3

其实，漂泊在外的人都想家，更何况是父母离异了的孩子呢？我也想家，可是我混得太惨，都两三年了，依旧食不果腹，平时吃一顿盖饭就像过节一样开心。更重要的是，我没有找到未来的目标，不知道以后要做什么，过什么样的生活。同时我也明白了一个残酷的事实：光有想法和抱负是没有用的，还得有配得上这些想法和抱负的能力。如果连自己都养不活，还怎么把心爱的姑娘娶回家？

朱珊珊哭得那么伤心，那么难过，那么撕心裂肺。我静静地看着她哭，心里突然静了下来，开始回忆和反思这两三年的经历，我知道，我不能再混日子了。我心爱的姑娘在等着我娶她回家，没有什么是比这更幸福的事情了。

我去了一家出版公司面试，老板是个比我还文艺的人。他听了我这些年的经历，对我很感兴趣，觉得我很靠谱，希望我加入他的创业团队。我问月薪多少，他说三千块够不够。我想了想，地下室的月租要四百五十块，还剩下两千五百五十块，够了，完全够了，我还从来没有拿过这么高的工资。

我干得可开心了，觉得做出版是这个世界上最高尚的事情，做出来的书流向全国的书店，千千万万人通过书和我进行无声的交流，那感觉真是太奇妙了。

就在我开始对未来充满希望，幻想着有一天牵着朱珊珊的手步入教堂的时候，我接到了朱珊珊她妈妈的电话。第一次接到未来岳母的电话，我又惊又喜，很小心地和她老人家说话，结果还没说到三句，未来的岳母大人就对我一顿痛骂。大意是说，我勾搭她的女儿并耽误了她的人生，我是个混蛋，连一个完整的家都没有的人有什么资格说结婚之类的话。总之，非常难听，说得我都觉得自己不配活在这个世界上了。

好不容易应付完了朱珊珊的妈妈，我赶紧给朱珊珊打电话，我问她："你妈说你要嫁人了是真的吗？"朱珊珊说："是啊。"我说："可是你才大三！"朱珊珊说："大三也可以结婚的。"我说："不是答应了嫁给我的吗……"朱珊珊说："我也以为我能嫁给你，可是后来我发现结婚这种事情两个人说了不算。我妈就我一个女儿，她说如果我嫁给你，她就去死。”

我一时语塞，不知道该怎么说才能挽回这件事情，又觉得不管怎么说都挽回不了。我磨蹭半天却说出了一句事后才发觉蠢到家的话，我问她：“你爱我吗？”

朱珊珊没有说话，在电话那头沉默了一会儿，就啪的一下挂了电话。我再打，已经接不通了。

我在家里躺了整整一个星期，只做一件事，翻看以前和朱珊珊所有的聊天记录以及短信。在这些密密麻麻充满爱和期望的字眼里，有两个字出现的次数最多，就是晚安。我一边翻，一边默念：“晚安，晚安，晚安，晚安，晚安，晚安……晚……安……晚……安……”突然我明白了什么！

我一下跳了起来，跺脚，捶墙，扇自己耳光。我怎么能这么蠢呢！晚安就是我爱你啊！晚安的意思就是我爱你啊！她说她爱我，这三年来，她每晚都说，我却现在才发现！

可是，发现得太晚了，我现在除了悔恨什么都做不了。

一个星期后，我艰难地走出了家门，不管怎么样，生活还得继续。我拼命工作，只希望能转移朱珊珊的离去带给我的撕心裂肺的痛。可是，当夜幕降临后，我整夜整夜睡不着，心里有太多痛太多话太多故事需要释放。

我开始写故事，把心里堵塞的东西全都倾泻到了键盘上。这些故事都是那年我离开朱珊珊后发生的，有我自己的故事，有身边各个朋友的故事，也有我见到的陌生人的故事。这些故事我曾经在电话里、QQ 上还有短信里不止一次想讲给朱珊珊听，但都未曾付诸行动。那时候的想法是，连饭都吃不起，讲什么故事！可是当我想讲这些故事的时候，那个人已经不在身边了。

在很长一段日子里，我每晚写一个故事才能安心入眠，写完后我会对着南方轻轻说一声晚安。南方是朱珊珊所在的方向，那时候她应该已经安然入睡了。我希望我的晚安能传入夜空，透过时光，飞到她的身边。不管多久，都不会来不及。

有几个做公众号的朋友得知我在写故事，就把我的故事要去，放在了他们的公众号上，结果反响非常好。后来我写的故事又被出版公司看中，他们拿去选了选，做成了一本三百多页的唯美故事集。再后来，影视公司的人也找来了……

在定书名的时候，编辑问我："沙柳，你觉得这本书定什么书名好呢？"我说："就叫《每一个故事的名字都叫晚安》吧？你觉得如何？"她说："有什么寓意吗？"我说："我在写每一个故事的时候都会对南方说一句晚安，晚安就是我爱你。"

4

让我们再回到最开头。

沉默片刻，朱珊珊问道："你好吗？"

我突然一阵难过，眼泪差一点就滚出来了，但强颜欢笑道："挺好的，嘿嘿，比以前好多了。"

朱珊珊说："最近有空吗？回重庆呗，我和我老公准备移民美国。我觉得走之前我们得见一面。"

我说："当然有空！明天我就飞回来！"

第二天下午，我和朱珊珊在沙坪坝一家咖啡厅见面，她还是那么美丽。

这个世界上最漂亮的姑娘微笑着问我："我们上一次见面是什么时候？你还记得吗？"

我摸了摸她身旁婴儿车里冲我微笑的孩子，说："记得，在火车站的候车室里，你还扇了我一巴掌。"

我们聊了很多，现在所做的事，以及未来的发展计划，还有，我们都说自己过得很好。

时间差不多了，朱珊珊站起来，和我告别。她推着婴儿车走到咖啡厅门口的时候我突然大声叫她的名字："朱珊珊！"整个咖啡厅的人都抬起头冲我这边望来。

朱珊珊转头看了我一会儿，用平静的语气说："你还是那么好，可我得回家。"

之前，有个不认识的姑娘在我的微信上留言说："这个世界上每晚和我说晚安的人已经不在了，我很感谢你的晚安故事。你就是我的专属枕边人，每晚我都看你的故事，看完一个故事我才会睡觉。我身边的朋友也很喜欢你的故事。谢谢你的故事，谢谢你的晚安。"

看到这条消息的时候是凌晨四点，我瞬间睡意全无，又想起了已经远在美国的朱珊珊，我再好再优秀也没有用，她得回家。

只是，她留给我的爱足够我回忆一辈子。

朱珊珊，我告诉你，不管过了多久，不管你在天涯的哪个角落，我都会继续为你写故事，继续对你说晚安。

（作者／程沙柳）

蒋小姐的幸福生活

1

蒋美涵自从离了婚，活得像花儿一样。她不但把自己的公司经营得有声有色，还把两个孩子照顾得健康快乐，知书达礼。闲暇的时候，她就带着孩子做空中瑜伽，跳拉丁舞，或者约上三五个闺密逛街购物，喝茶喝咖啡。总之，在她身上根本看不出来一丁点离婚女人的哀怨。

“蒋美涵，你的心是不是鞋拔子做的，怎么那么能抗打击啊？”在又一次被她拉出去“享受生活”之后，我假装一脸嫌弃地瞪着她。

“喊，难道要我为那个男人伤心吗？不值得！”蒋美涵嗤之以鼻，甩了甩她新做的头发。

蒋美涵的老公做生意失败，遇见了一个比他大十岁的富婆，为了富婆，死活都要跟蒋美涵离婚，彻底抛妻弃子。他根本一点都不顾及当年为了让他在生意场上闯荡没有后顾之忧，而毅然辞职做全职家庭妇女的糟糠之妻蒋美涵。

那种感觉，就像原本约好了风雨同舟的人，在你给他做好马车、铺好路之后，他却自己驾车跑了一样。

按照蒋美涵老公的说法，富婆能在他最需要帮助的时候给他温柔，给他安慰。在蒋美涵这里，他却只能听见烦得透顶的家长里短和孩子无休无止的哭闹声。

“无耻，你怎么不说对方能给你钱，弥补因为你的无能造成的亏空啊？”我当时抱着脸色苍白的蒋美涵，对头也不回决然离去的那个男人歇斯底里地吼道。

我担心一向泼辣的蒋美涵会气昏了头，去找那两个人同归于尽，更担心她会傻到用伤害自己来解脱，所以守着她不敢离开。

结果，蒋美涵只在屋子里发了一天的呆，就开始规划自己的后半生了。

她的规划基于以下三点：第一，她辞职前做过广告印刷；第二，她爸是做房地产的；第三，她自己是幼师学校毕业。她认为她只要从这三个职业中选一个来养活她和孩子们就行了。

我哭笑不得：“你当是挑西瓜啊？还三个选一个。这可是你的下半辈子啊，你不是该从长计议，好好谋划吗？”

蒋美涵家里虽然经济条件还可以，但是重男轻女的思想极为严重，就算是情况最好的时候，父母也不会给这个女儿任何帮助，更别说她爸的公司现在也在亏损。如果她爸知道了蒋美涵被人抛弃的事，他的第一反应十有八九就是因为觉得丢脸而把蒋美涵痛骂一顿。

换句话说，她是孤身一人，除了我这个刚够温饱的闺密，她没有任何后援。

我真的很替她担心。

蒋美涵认真地跟我说：“这个男人，我认识了他快二十年，结婚也有七八年了，也就是说，我足足考察了他十几年，才打算跟他一起老死的。结果呢？他离婚也就罢了，还带走了家里几乎所有的积蓄。人生本来就无法预料，规划那么多也没有用。”

我幡然醒悟：“原来你从一个极端走到了另一个极端。”

“怎么？过去是连菜谱都要提前一周写好的家庭妇女，现在打算过一天算一天吗？”我斜着眼睛望着她。

她捏了捏我的下巴，得意地回答：“没错！啊，对了，我可以做三个纸团，捏到哪个算哪个。”

我只能表示好无语，跟她说：“要不你再找个人嫁了吧，然后再慢慢想。”蒋美涵身材苗条，长相中上，再找个男人嫁了应该没有问题。

“不，我再也不要靠哪个男人生活。”蒋美涵摇着头，坚决地拒绝了。

她前夫自从离婚后就再也没有出现过，别说是尽一个父亲的责任陪孩子了，就连孩子的赡养费也不给。我能理解她对男人的痛恨，所以只能闭嘴。

蒋美涵做了三个纸团，最后抽到了广告业。

“好了，决定了，我要做广告界的精英。明天就找地方开一个广告印刷公司。”她豪情万丈地一拍桌子，大声说。

“喂喂喂，大姐，你以为公司那么好开的啊？”我真的好无奈，“难道你要把自己手里仅剩的一点钱都败光吗？”

“路都是人走出来的。只要肯干，做什么其实都一样。”她笑嘻嘻地反过来安慰我。

2

蒋美涵热火朝天地干了起来。她联络过去的同事，嘘寒问暖之后，说了自己的打算。同事们大多劝她不要痴人说梦，找个小公司工作算了。只有一个，过去曾经跟她搭档过的业务员，叫孙乾的，十分兴奋地说："啊，蒋姐，你终于想通了，肯出山了？我投资，你出力。我们一起干吧！"

"竟然真的被你找到了一个人傻钱多的家伙！"我吃惊的同时，也哭笑不得。

"不不不，只能说，这是个很有眼光的年轻人。他跟我搭档的时候，我们就非常合得来。"

孙乾刚入行的时候，是蒋美涵一手带起来的。那个时候为了让他完成任务，安全度过试用期，她竟然把自己的业绩算在他头上。没想到，八年后，这个孙乾竟然成了一家投资公司的总监，还有了不菲的身家。

只能说，蒋美涵的善良和大度在过去种下的善因，到现在帮了她自己的忙。

孙乾果然立刻就拨了钱过来。

"我们拟一个合作协议吧，到时候盈利，你八，我二。"蒋美涵打电话过去给孙乾商量。

"不用，不用。我没时间过去，协议什么的就算了，我还信不过你吗？"孙乾这么回答。

"那我写好寄过来，你签了字再寄一份回来。"

"不用这么认真吧？"

"要的，要的。你知道我的脾气，要么不做，要么就要做到最好。"

我从来没见过蒋美涵这么严肃。想一想也是，就算是做家庭主妇的时候，她都是一切亲力亲为，做什么都很用心。她曾为了学做蛋糕，报了半年的烘焙班。

“如果你一定要写协议，那就五五分吧，亏了算我的。”孙乾也只能严肃起来。

我听了，摇头感叹：“啧啧，这就是送钱给你玩儿啊，给你玩儿。”

“嗯，我知道他的意思，但是我不能让他亏本。”

蒋美涵像打了鸡血一样斗志满满，开始找场地，然后招人，还从过去的老东家那里买了一台旧机子过来。

一个月内，就已经万事俱备，只缺客户这个东风了。

“蒋美涵，别人都是先去找客户，再来开厂子的。”我虽然没有经验，但是也知道这个常识。

“客户好办，只要肯花工夫，总会找到的。”蒋美涵有着一种近乎白痴的乐观，真是让我很佩服。

这几年，除了因为孩子一起玩的缘故认识了我这个闺密外，她几乎与世隔绝。我实在是想不到，她还能从哪里再找出个客户来。

蒋美涵开始翻箱倒柜，从一个压在最底下的盒子里拿出了电话本，然后开始疯狂地打电话。

我猜，那大概是她辞职前的客户联络本。

奇迹没有出现，蒋美涵从电话本第一页打到最后一页，吃了无数个闭门羹，一个客户也没有找到。

“这个世界变化得太快，没有人会站在原地等你的。”蒋美涵放下电话本，喃喃自语。

我被她脸上的落寞刺痛了眼睛，用力抱着她肩膀，说：“别气馁，我们再想想别的办法。”

3

蒋美涵失踪了。我打电话她不接，去家里找她又见不着人。

“这家伙不会用什么得不偿失的办法去找客户吧？”我心急火燎地从她家冲出来，却看见她站在小区门口，手里拿着一大堆巴掌大的卡片。

“你在干吗？”我如释重负，跑过去问她。

她摆了摆手里的卡片，说：“发广告卡。”

“你不怕被物业赶啊？”

“我在背面印了独家美食的做法，还有小区里的各种常用电话和我们公司的广告。好像大家还蛮喜欢的，都抢着要。”她和我说话的时候，几个老太太就过来拿了几张广告卡走了。

“这样广撒网有用吗？”我从她手里接过一沓，帮她发。

“不知道，死马当活马医呗！”

发了整整一天卡片，我们都精疲力竭。可是接下来几天都没有任何消息。工厂里的工人每天都要发工资，场地租金也要付。眼看日子一天一天过去，蒋美涵表面上很淡定，其实我看得出来，她也很着急。

“难道真的要跟孙乾说对不起吗？”蒋美涵站在阳台上，看着夕阳又一次落下去，有些绝望。

她的手机忽然响了，我凑过去一看是物业打来的电话。

“这个时候来催物业费，真是雪上加霜。”我皱了眉头。

蒋美涵叹气，接起了电话。

“蒋小姐吗？”对方的语气很客气。

“嗯，我是。”

“你印的那个小卡片很不错，很多业主都觉得很好，来找我们要。现在我们想委托你为我们再印一万张。”

“好。”蒋美涵跳了起来，激动得拿电话的手都在哆嗦。

这就是蒋美涵做成的第一单生意。她给物管很优惠的价格，条件是，卡片背面她公司的广告要保留。

于是，这张卡片不但传遍了我们这个大型小区，还传到了别的小区。

蒋美涵的生意，忽然多了起来。她忙得不亦乐乎，有时候，还要通宵加班。就算是铁打的人，也受不了，别说她还是一个娇小的女人。蒋美涵终于病倒了，半夜给我打电话，说她发烧，要去医院，要我帮她看孩子。

她烧到快四十度，人都有点糊涂了。我不放心她一个人，让我老公叫来了一个朋友，帮忙送她去医院。起初蒋美涵死活不肯麻烦别人，我发火说如果不让这个朋友陪着，就连小孩我都不帮她看了，她才勉强同意。

我老公的那个朋友叫余文广，离过一次婚。那次失败的婚姻，让他对女人有一种敌意。他觉得女人都是一种唠叨、小心眼又奸猾的动物。如果不是因为我老公跟他是死党，我又许诺给他做糖醋排骨，他才不会半夜送一个陌生女人去医院。

蒋美涵现在对男人的成见也很深，离婚后所有来追她的男人都没有在她这里得到好脸色。加上她个性又强，牙尖嘴利，现在又心情不好，说不定一言不合就会在车上跟余文广吵起来。我很是担心。

“他们两个半路上会不会打起来？”就连我老公也觉得不放心。

4

那一夜风平浪静。我想大概是病了的蒋美涵没有力气跟余文广吵架，或许是蒋美涵那副我见犹怜的病恹恹的样子激发了余文广的保护欲。

更让我惊讶的是，蒋美涵住了三天院，余文广就照顾了她三天。

“有戏啊！”我兴奋地拍着老公的肩膀，“莫非余文广这块大石头终于被蒋美涵这把烈火给烤化了？”

“谁说的？昨天余文广还打电话来抱怨说这个女人怎么这么啰嗦，从早说到晚，说得高兴就大笑，说得伤心就大哭。搞得他也要疯了。”老公摇头叹气。

“这不是正好说明两个人对眼了吗？你什么时候见过蒋美涵在别人面前这样？你又什么时候见过余文广听别的女人唠叨了三天还不跑？”我咧嘴笑着。

“嗯，是的。转头余文广又说，这个女人真奇怪，明明自己站都站不稳了，却什么都不愿意让他帮忙，跟他见过的那些娇滴滴的，恨不得连走路都要他背着的女人不一样。”老公皱眉若有所思。

把蒋美涵送回家，余文广第一件事就是来找我麻烦。他绷着脸很是不悦：“你给我挖了个坑。”

“没。”我尽量表现得无辜。其实，我确实是有一点私心。余文广沉稳内向，为人正直，有稳定的工作，身高足有一米八，长相中上，怎么看都是一个万里挑一的好男人。俗话说，肥水不流外人田，我好不容易才逮着这个机会把他们这两个刺球捏到一起。

余文广用手指点着我，却不知道怎么数落我，许久才无奈地留下这么一句走了：“看在美涵那么可怜的份儿上，我就不跟你计较了。记得你答应过我的糖醋排骨。”

过了几天，蒋美涵才恢复。我十分不近人情地要蒋美涵马上给我做糖醋排骨。我说只有糖醋排骨那浓重的口味，才能抚慰她那两个调皮孩子这几天给我造成的身心伤害。

蒋美涵二话不说立刻去超市买了最好的排骨，然后做好给我送了过来。

她刚一走，我就打电话给余文广。

余文广看着桌上的排骨，沉思了一会儿，忽然说：“我端走了，吃完再给你把碗送回来。”

我故作气愤地在后面大叫：“哎呀，你怎么能这样，排骨全部吃了也就算了，好歹把糖醋汁留下来给我拌饭吧。”

“哦，对，你家有米饭吗？”余文广回头又哼哧哼哧把我一电饭煲的饭给端走了。

“啧啧，你果然过去是没有遇见对的人，一旦遇见了，也是个重色轻友的家伙。不过她的性格有些要强，你脸皮要厚些，才能靠近她哦！”我在余文广身后，像是自言自语一样低声嘀咕。

5

自己刚送出的糖醋排骨又被余文广原封不动地端回了家门口，蒋美涵十分惊讶。

余文广浑然不觉，只管往里走。

“你干什么？”蒋美涵已经隐约嗅到了阴谋的味道，满脸戒备地把余文广拦在门口。

“你不是病刚好吗？我拿点好吃的来给你补补。”余文广一脸无辜。

“你被那个女人骗了，这个是我做给她吃的。”蒋美涵哭笑不得。

“不是，这是我做的。刚好我家有一个一样的碗。”余文广知道自己被骗了，却打算打死也不认。

“你把排骨送回去吧！”

“你能不能先让我进来？这个锅好重。”

女人最怕男人服软了，男人一服软，女人就心软了。蒋美涵也是，不由自主就侧开了身子放余文广进去。

余文广把东西放好，就开始像在自己家里一样，打扫卫生。

拖地，刷马桶，连地漏上的头发，他也全部弄干净了，然后还动手把所有坏了的灯泡换上新的。

“你做这些是什么意思？”蒋美涵追着他，却阻止不了他，气急败坏地叫着。

“难道以你现在的身体状态还能自己做吗？我做事从来不打折扣，既然答应帮忙照看你，就要照看到底。”

“好吧，非常感谢。但是只此一次，你不要再来我家了。”

“嗯。”

于是，余文广又开始在厨房忙碌。

“你怎么这么婆妈？说了不用你帮我做这些。”蒋美涵又被成功激怒。

“我没怎么做过饭，所以只炒一个小菜，你将就着吃吧！”余文广对蒋美涵的逐客令充耳不闻。

“你的厨艺可真差。”蒋美涵别扭地坐下来吃，却还不忘记挑刺。

“嗯，以后你做给我吃吧。”

“你还真是得寸进尺，脸皮厚得要死。”

“嗯，听说你是个刺球，我的皮不厚一点，会受伤。”

“你别在我身上花工夫，我没有什么能回报给你的。”

“你不用想太多。我不是二十几岁的毛头小伙子，不赶着生孩子结婚，所以，不需要你给我回报，你就当我是个朋友吧！”

这些对话是我后来分别从两个人嘴里逼问出来的。反正重点就是，我终于成功地把自己的闺密和我老公的朋友撮合在了一起。

从此余文广俨然成了蒋美涵家里的男主人，隔三岔五就来做那些琐碎事，还给孩子买东西，带他们去看电影。一天晚上，他说喝醉了酒，好难受，没人照顾，蒋美涵心一软，就让他在家里住下了。结果，余文广一住下来，就不走了……

蒋美涵的印刷店生意越来越好，每天为了见客户签合同，跑来跑去。她用自己赚来的钱买了一辆奥迪 Q5，然后开车带着我到处去吃好吃的。

如今，我都叫她“蒋老板”。

孙乾第一次拿到蒋美涵给他的分红的时候有些呆愣。

“没想到我还能不亏本吧？”蒋美涵笑嘻嘻地说。

“不，我相信你一定能再站起来，只是没有想到你会这么快。”孙乾眼神坚定，“因为你有能把坏日子过成好日子的特质和能力。”

6

蒋美涵带着余文广见了父母，这个时候才把自己离婚的事情告诉了家里。蒋美涵家里对余文广很满意，甚至逼问他们什么时候结婚。

我和我老公在打赌看蒋美涵和余文广什么时候顶不住压力而结婚，他们两个却分手了。原因是，余文广的妈妈要蒋美涵给余文广再生一个，然后从此在家相夫教子，不再整天出来折腾。蒋美涵一口回绝。余妈妈很生气，说如果做不到，就要蒋美涵不要再缠着余文广，还说，按照余文广的条件，大可以去找一个年轻漂亮的女孩儿跟他生儿育女，陪他一辈子。

蒋美涵的臭倔脾气也犯了，当晚就把余文广的东西收拾好，把他请了出去。

余文广买了几瓶酒坐在我家，喝得酩酊大醉。他说他是有找年轻漂亮女孩子的资本，可是不知道怎么回事，就像中了邪一样，只喜欢蒋美涵。

我老公不知道怎么安慰他，只能默默陪他坐着。我心里却在想蒋美涵那个表面坚强的女人，现在会不会正躲在被窝里面偷偷哭。

余文广每天来我们家喝酒，喝醉了就给蒋美涵打电话，说他想看孩子，能不能让他进家门。

蒋美涵冷冷拒绝，说既然分手，就分得彻底一点，不要给孩子造成困扰。况且，这俩孩子又不是余文广亲生的，还不至于有这么深的感情。

蒋美涵的话太伤人。我都有些听不下去了。

虽然不是亲生的，但是余文广绝对视如己出，运动会、家长会一次不少，就连孩子的洗发水用完了，都是他去买。

余文广挂了电话，极其痛苦地捂着脸。这个山东大汉，此时却无助得像个孩子。

我忽然觉得，我非要把浑身长刺、像惊弓之鸟一样的闺密塞给这么一个同样受过伤的男人十分不地道。现在，他因为我的一时冲动又要第二次受伤。

余文广的电话忽然响了，是他爸爸打来的，说余文广的妈妈中了风，摔倒了。

六神无主的余文广挂了电话，想也不想就立刻给蒋美涵打电话："我妈中风了。"

蒋美涵在那边一言不发挂了电话。

她平时没这么冷血的，怎么能这样！我快气疯了。

余文广长叹一声，给自己又灌了一杯酒。

老公一边安慰余文广，一边给他订机票，门铃却响了。

打开门，蒋美涵牵着俩孩子进来了。她把孩子往我怀里一塞，就抢过余文广的酒杯，说："你还不回家？还有心思在这儿喝酒？"

"我打算明天一早走的。"余文广有些呆愣。

“还等到明天早上？那是你妈！我订了今晚最后一班飞机，我陪你回去。现在、立刻、马上跟我走。”蒋美涵把他拖了起来。

“行李呢？”

“要什么行李，衣服现买！真婆妈！”蒋美涵一边把余文广推着往外走，一边对我说，“孩子就麻烦你了。”

“为什么不带着孩子一起去？”我灵光乍现。

“啊，对。带他们给奶奶看看。”从呆愣中醒过来的余文广脑子忽然转得很快。

既然老太太要孩子，就给她两个。

“谁是他们奶奶，我还没嫁给你呢！”

“别叫了，快给两个孩子订机票。”他们两个一人牵一个孩子，吵吵闹闹出了门。

我和老公不约而同长长出了一口气，然后相视一笑。

7

其实，余文广的老妈有些夸大其词了。她确实是摔了一跤，但只是摔伤了胳膊。她这样骗余文广，是怕余文广舍不得蒋美涵不肯回去。

所以当蒋美涵带着孩子一起赶到的时候，老太太心情极其复杂。她没有想到蒋美涵会义无反顾当晚就坐飞机过去照顾她。更没有想到，余文广会跟她说，如果娶不了蒋美涵，他这辈子就再不结婚了。

老太太思来想去，决定由余文广和蒋美涵去了，况且，她也很喜欢蒋美涵的两个孩子。

这俩孩子早在路上就被余文广用新版玩具收买，到了家里见到老太太一口一个奶奶喊得很亲热，更别说他们还乖巧懂事，抢着做家务。

所以回来的时候，蒋美涵手上已经戴上了余文广的求婚钻戒。

余文广是在回来的飞机上求婚的。他说："我会学着做饭，不逼你放弃事业。我会宠你，你只要工作忙完记得你还有个老公就行了。我也不会烦你太久，就烦你一辈子吧。"

蒋美涵和余文广在家里的阳台上请我和我老公吃烧烤，喝啤酒，来答谢我这个媒人。

两个男人喝着啤酒聊天，蒋美涵和我在烤炉边忙碌。她脸上的光彩比手上钻戒的光芒还要夺目，那是幸福的女人才有的光芒。

谁还能记得，一年前她被迫离婚时那副失魂落魄的样子。不知道怎么的，我忽然红了眼眶，捂住了嘴。

她拉着我的手也红了眼眶，说："那时我其实不是为了那个男人难受，而是为了自己这些年浪费的时间难受，为自己没有给两个孩子找个好爸爸内疚。"

"嗯。"我点头，带着鼻音回答。

"其实，现在回过头想想，我也不能完全怪他。我那时一门心思都在家里面，很少关心他，在他看来，难免觉得我不是人生伴侣，而是一个累赘。"

"他那么做对你太不公平，就算是家庭主妇，你也是在为家里做贡献。"

"我知道，我不觉得我在白吃白喝。只是，我觉得那样的我失去了自己，太不值得。也好，吃一堑长一智，人都是这样才能长大。”

“我说你，怎么看你拿到的都是一手一辈子翻不了身的烂牌，你是怎么骗到这么一个好男人的？”

“是啊，大概是我貌美如花，坚强独立，然后又有一个不靠谱的闺密吧，哈哈哈……”

（作者 / 文屹）

交个女朋友，还是养条狗

1

苍蝇在冷气十足的空调屋里围着我转，我忍无可忍，拿起桌上的打印稿卷成筒，准备来一场决战，不是你死就是我疯。

苍蝇很灵活，四处乱飞，毫无章法，我追着苍蝇打，结果它赢了。

同事看到我满头大汗、气急败坏的样子，说："消消气，别和一只苍蝇过不去。"

我无奈地笑笑，坐回工位，感觉自己刚才是有点冲动。最近的脾气越来越大，脸上的痘痘已经扩散到脖子了，又红又肿。

别人都说，是该交一个女朋友了，我现在火气太大，需要爱情消消火。

我也曾经在"交个女朋友，还是养条狗"这个问题上纠结了很久。

最终我选择了养条狗。

狗比女朋友好养。

2

狗叫牛奶，是我在下班回家的路上捡到的。

那是个夏天，一出地铁站，瓢泼大雨突然就下了起来。半个多小时的时间里，我切身经历了“别人在等伞，而我在等雨停”的尴尬场面。眼看雨没有小的意思，我顺手将旁边自行车车筐里的塑料袋拿出来套头上顶着，就冲进了大雨中。

到小区的时候，我已经浑身湿透，就要进楼道的时候，无意中瞥到一辆车底下有一个白色的影子。

进了楼道的我好奇地回了一下头，才发现那是一只白色的小狗，和我一样被淋得浑身是雨，正瑟瑟发抖。

我一向不喜欢小动物，可那天鬼使神差地，我就把它抱回了家。

也许它在某些方面和我很像吧。

一只白色的小土狗，很乖，也不叫。我洗澡时顺便给它搓了搓毛，洗去尘垢，它变得白白净净，于是我管它叫牛奶。

牛奶就这样在我的小屋子里住下了。

3

其实在养牛奶之前，我是有女朋友的。

她叫陈晨，我俩是在一次文友聚会上认识的，当时有十多个人，唯独对她我特意留心了一下。别人都在高谈阔论，她却做一个安静的倾听者，偏着头，好像谁说的话她都很感兴趣。

我们相互加了微信，没事儿的时候我就会想和陈晨聊两句，她也很捧场，对我说的一切内容都不觉得厌烦。我试着约她出来吃饭，她也爽快地答应了。我从一开始就认定，她对我也有好感。

之后的事情就顺其自然了，我们走到了一起，成为别人眼中的一对模范情侣。

说是模范情侣，是因为我俩在各个方面都特别互补。我开朗外向，喜欢喋喋不休地说话，她安静内向，善于倾听。我理性成熟，她感性温柔。我喜欢打球，她喜欢看我打球。

我们在一起后，就搬到一起住了。在北京生活不易，对照着地铁线路图，我们选了一个离两人公司直线距离最近的地方住，一起租了一个两居室的次卧。

房间虽小，但五脏俱全。开始的脏乱差，在陈晨一双妙手的魔力下，变得井井有条，一尘不染。换了窗帘，铺了新床单，床头柜贴上壁纸，窗台摆上多肉植物，连空气都在香薰草的熏陶下变得清新好闻。

和陈晨在一起生活一段时间后，我觉得认识她之前过的日子简直是在苟活。

渐渐的，爱情就像莫文蔚唱的那样，开始总是分分钟都妙不可言，谁都以为热情它永不会减。我也曾以为我们的感情会一直走下去，却没有想到当初喜欢上她的优点，也变成了感情中最致命的缺点。

她内向，安静，也很敏感、脆弱。她像个随时需要人呵护的瓷娃娃，不能有一丁点的碰撞，否则她的心承受不了。

我之前谈过一个女朋友，是我的初恋，她也知道。我和她说起来的时候，和讲故事一样绘声绘色，她也听得津津有味，我当时并不觉得有什么不妥，可是后来她动不动就搬来初恋的例子做比较。什么初恋比她长得漂亮，身材比她好，英文水平比她好，家庭条件比她好……

她不会做饭，每次都是我炒菜，她切菜。有次她的黄瓜片切得薄厚不匀，我随口一说，她就酸溜溜地说，要是你初恋，切得肯定比我好。她知道我初恋专门学过一年的烹饪。

我很生气，把菜刀夺过来切完了剩下的半根黄瓜。

她站在一边吓得一动不动，泪水在眼睛里打转，然后一言不发地回了屋，把门锁起来。

我自觉有些过分，就软下来哄她出来吃饭，可是她就是不开门。我找来备用钥匙打开门，她蜷在床的一个角，大夏天的还盖着被子，眼泪已经把枕头打湿了半边。

我只能抱住她道歉，她却一句话也不说，连流泪也是静悄悄的。

从此之后，我说每一句话，做每一件事，都小心翼翼，生怕触碰到她内心脆弱敏感的一面。

可是一句无心的话，她都能记好几个月，虽然她不说，但我知道她始终介意。

我真的有些害怕。

4

养了牛奶后，我开始每天规律地生活。

牛奶很准时，清晨六点钟就爬到我的枕头边，伸出舌头舔我的脸。以往我是不吃早饭的，自从和牛奶生活后，我早睡早起，发现原来早晨的时间可以做那么多的事情。

洗漱后，我牵着牛奶到小区里溜达，牛奶很兴奋，看见什么都好奇，嗅一嗅闻一闻。它是个小不点，见到大金毛还会害怕，畏畏缩缩不敢上前。只有遇到和它一样大小的同类，它才会蹭一蹭以示友好。

我吃早饭，狗吃狗粮。临上班前，我给它准备好一天的食物，抱着它亲一亲。它知道我要走了，每次都跑到门外，非得我把它抱回去不可。

关上门，想到一整天它被关在屋子里那孤单的身影，我就有很多次想要把它放到外面，但是我不忍心，有它的陪伴，我确实充实了不少，而它似乎也离不开我了。

养狗比养女朋友省心。

牛奶想什么我虽然不知道，但它的喜怒哀乐都写在脸上。它高兴的时候会摇尾巴，张着嘴兴奋地喘气。它难过的时候会贴在我身上，耷拉着脑袋，希望我安抚它。

陈晨却不是这样，她的心思藏得很深，我常常不知道她到底想要什么。

她说没事，其实是有事，她说有事，其实是没事。她心情不好，却从来不告诉我为什么，她总说我不懂她，不理解她。我始终猜不透她的心思，她始终不说。

爱情在我们两个人这里，变成了一场捉迷藏。

5

她和我分手，是因为一个梦。

她说，她在梦里梦到她怀孕了，她说我们结婚吧，我却始终不回答她。她说叫我去和她妈说一下，她一直教我怎么说，但我很不耐烦，摆摆手说我知道了。她说我那不耐烦的表情刺痛了她，她在梦里就哭了。她在想孩子应该怎么办，她在梦里摸着肚子说，对不起。

醒来后，她哭着说分手。

我觉得莫名其妙，没理她，继续玩电脑上的游戏。

她扑过来，将我的鼠标抢走，脸上挂着泪痕，看着我大吼："玩游戏！天天就知道玩游戏！这都几点了还玩游戏！"

这好像是我认识她以来，她第一次这么大声说话。

不在沉默中爆发，就在沉默中灭亡。平静了那么久的水面，最终还是激起了千层波澜。陈晨哭出了声，哭得很大声，在凌晨寂静的夜里回响。

我最烦别人在我玩游戏的时候打断我，我压住怒火，低声说："要哭别出声，大半夜的别吵到别人。"

陈晨果然安静下来。

我捡起鼠标继续玩游戏。

6

我并不是每天都玩，偶尔放松一下，劳逸结合嘛。

牛奶就从来不说我，我玩游戏的时候，它就趴在我的脚边自己玩球。

很多时候，我觉得我和牛奶才是最和谐的一对。

但是美好的时光都很短暂，它只陪了我半年时间，就离开了。

酒驾的司机径直撞上了它尚未被我喂胖的瘦小身体，刺耳的刹车声后，我的大脑一片空白。牛奶小小的脑袋歪到一边，它流了好多血，染红了白色的毛。

司机晃晃悠悠地走下车，骂了一句："一条土狗，真晦气。”

我冲上去给了他一拳。

陈晨还在的时候，有一次她生日，我从路边买了两只小兔子送给她。一只嘴角带着一颗痣，她管它叫小不点，另一只全灰色的毛，她叫它小灰。

陈晨很喜欢这两只兔子，每时每刻都和它俩在一起。兔子在地板上一蹦一跳，她在后面跟着跑，兔子喜欢钻到垃圾桶里，她就把垃圾都倒出来，让它俩在垃圾桶壁上滚来滚去。她拿着胡萝卜片喂兔子，看着它们吧唧吧唧吃得很香的样子，开心得不得了。

她给兔子拍了很多照片，它们趴在阳台晒太阳的，它们闭着眼睛睡觉的，它们歪歪扭扭走路的。

可是从网上邮购的兔笼、兔粮、兔厕所还没有到，兔子就死了。

7

最先死的是小不点。那晚我下班回到家，发现两只兔子都不在纸箱子里，不知道跑到哪儿了。原本我没有在意，但在换鞋的时候发现小不点躺在拖鞋旁边，一动不动的，小灰在它旁边用头蹭来蹭去。

我摸了一下小不点，它抽搐了一下，眼睛半睁着。我喂给它一根苜蓿草，要是以往，它看到食物会立马咬起来，可它连嘴巴都没有张开。

我意识到它病了，给陈晨打电话，她在电话里就跑了起来，语气急促：“快把它送到宠物医院啊！我马上就到家了，你等着我！”

陈晨狂奔着回来，看到小不点的第一眼，哇的就哭了。

她一边哭一边安慰它：“小不点，别担心，妈妈带你去医院。”

那天晚上我们跑遍了周围的宠物医院，没有一家会治疗兔子。陈晨抱着兔笼子，在大街上边哭边问：“有没有地方可以治兔子，我家兔子生病了，它快死了……”

后来有人说了一家宠物医院，离得比较远，我想说算了吧，兔子肯定救不活了，但陈晨坚持要打车去。

到了目的地，她推开车门就跑了出去，我赶紧付钱给司机，紧跟过去。

她一进门就哭道：“这里治疗兔子吗？”

前台的女护士看了一眼突然冲进来的陈晨，摇了摇头，“不好意思啊，这里只治疗猫狗。”

陈晨突然就放声大哭起来，眼神里的绝望，我到现在还记得。

她转过身，像丢了魂一般慢慢挪着步子，看着怀里奄奄一息的小不点不停地蹬腿抽搐，泪如雨下。

到家的时候，小不点已经僵了。这一个多小时的时间里，我们眼睁睁地看着它抽搐死亡，却无能为力。

她坚持要我将它土葬。我们找了小区里一处隐蔽的树丛，挖了个坑，把它的尸体埋了进去。

第二天，小灰以同样的方式走向死亡。这次我到家的时候，它已经不动了。

我们将小灰埋到了小不点的旁边。

陈晨一直在哭，哭得停不下来。

后来，我从网上得知，从路边摊买到的兔子都活不长，兔贩子会将养兔场淘汰的一些病兔子拿过来，专门吸引小孩子，卖个高价，兔子基本都是没有打过虫球病疫苗的。兔子非常脆弱，一个小小的感冒，都会让兔子不治而亡。

陈晨一直在埋怨自己，是她喂给了幼兔胡萝卜，幼兔是不能吃蔬菜的。她自责了好多天，几乎日日以泪洗面。她发誓，也要我一起，说我们以后再也不养任何动物了。

我却没有听她的，见到牛奶的时候，我还是把它抱回了家。

没想到却是这样的下场。

8

牛奶离开我之后，我没有再养任何宠物。

偶尔打游戏的时候，我还总感觉牛奶好像在我脚边跑来跑去，还总是出现错觉，好像床上躺着陈晨，她一脸埋怨地看着我。

我戒了游戏，开始觉得没意思。

我买了好多书，一本接着一本，什么《爱你就像爱生命》《爱的艺术》《恋人絮语》。看了谈爱情的、谈两性的，却依旧不懂什么是爱情。

柏拉图说："我们本来是完整的，对于那种完整的希冀和追求，就是所谓爱情。"

我想陈晨想要追求的完整，就是所谓的爱情。而我没有给她安全感，硬生生将完整掰成了两半。

刚开始在一起的时候，我对她说，我要守护她一辈子。刚遇到牛奶的时候，我也在心里暗自发誓，不要再让它受伤害。

可是我都没有做到。

9

一个人的生活总是感觉很漫长，我有时候躺在床上发呆，一发呆半天就过去了。

人在空闲的时候最容易回忆了，我回忆最多的，就是陈晨常说的那些话。

她说她理解的爱情，是我们两个人手拉着手去遛狗。

交个女朋友，还是养条狗？

我想我有了答案。

（作者/孟祥宁）

N 年以后

1

“周晨，你知不知道……”

磁带突然被卡住，录音机的播放键被重重地弹了回来。

窗户中有几丝冷风吹落了我手中正在燃尽的烟灰，洒在已经冷却的咖啡里。我这几天总喜欢把以前的东西翻出来看看，这好像不是一个年过三十的男人应该干的事，但是我宁愿放下公司的企划案去找找它们。

我在一个旧箱子里翻出这盒磁带时，它上面紧紧压着几本布满灰尘的大学英语书，如果我没记错的话，这盒磁带应该是大学毕业那时候录的。1999 年那会儿还没有如今这么多的电子产品，就连一个现在早已经淘汰的随身听在那时都显得特别奢侈。毕业的时候我们想着给以后的彼此留一个念想，我就用英语的听力磁带让每人录了一段祝福语，幻想着能凭借这盒磁带把以前的时光再次带回来。

录完之后，他们一致同意把这盒磁带留在我这里，当时我信誓旦旦地承诺以后要把所有人都聚起来，一起喝啤酒吃炸鸡，顺带听听那时我们都说了什么。但这么多年过去了，我们都各自奔波在世界的每个角落，还在联系的人已经不多，如同现在我的这个家一样冷清。

磁带中的“周晨”全名叫周晨博，毕业以后我叫他“老周”，却从来没有叫过他“周晨”。

老周上大学的时候总是在睡觉，我起得比较早，又没什么事，就去寝室的阳台上背英语单词。后来老周嫌弃我背单词声音太大，干脆买了小收音机，戴上耳机继续睡。

在我们认为老周这四年肯定就这样废了时，他在大二的时候突然睡醒了，从床上跳起来，抓了我一支笔和几张白纸。我问他干什么，他说写歌。

我不知道老周要写歌的意图，难道是因为开学的时候我们拉着他上了几节课，他重新发现了生活的美好?

老周在夜晚好像很少睡觉了，每晚都在床上开着小台灯不停地涂改着什么，有时面目欣喜有时眉头紧皱。他如此反常，我们都很担心，就嘱咐他去校医院找个美女心理医生看看。他说：“你们才有病，不知道我在大一的时候已经睡够了吗？”我们似懂非懂地点点头，抱拳对他说珍重。

终于没过几天老周摔了耳机说，这样的创作真没劲。我们好像感觉这次他要正常过来了，随后他又说，要去搞一把吉他才行。我们这才知道老周是彻底没救了，就陪着他去毕业生摆的旧货地摊上买了一把破木吉他。

2

我认为把老周喊成“周晨”的女生应该是林欣，林欣是第一个听老周唱歌的女生。

当时老周把编曲、歌词等等都搞定以后，说他想试试他的新歌杀伤力到底有多大。我们也都很好奇他花半年时间做出来的歌到底是什么样的，就起哄说，你要是能搞定林欣我们就相信你，老周摸了摸他的吉他想了想就答应了。林欣在我们班总归算个异类，永远穿着学校发的校服，扎着简单的马尾辫。在别的女生讨论哪个牌子的化妆品更好时，她却在鼻梁上架着一副度数很高的小眼镜低着头背英语词汇。

为了给老周的新歌首唱找一个最合氛围的地点，我们密谋林欣下课后会经过哪些地方，在哪个地点最煽情最适宜表白。时间定在了大二下学期的阳春三月，我似乎看到在柳絮漫落的天空下，老周弹着吉他对捧着书的林欣说，我喜欢你。我们为老周做好一切铺垫，就等老周尽情发挥，然而表白那天老周的新歌实在让我大跌眼镜，曲调没有什么高低起伏不说，歌词也异常平淡。

“天空很蓝，白云很淡……”我真想踹老周一脚，你这是在表白呀，人家女孩子怎么会管你天空是不是很蓝，白云是不是很淡？

倒是老周很陶醉，把这首歌唱完后看也不看林欣，甩头就走。我小心翼翼地跟在他后面问：“你觉得刚才你念得怎么样？”他说：“这首歌花了我半年的心血，曲调感情充沛，歌词意味深长，没有一个女孩子能招架得住。”

我有些目瞪口呆，想说什么又没说出来，只好岔开话题又问老周：“刚才林欣旁边的那个女生是不是挺好看的？”老周淡淡地说：“她叫白薇，是挺好看的，可是关你什么事？”我说：“你怎么知道？”他说：“追女生连她身边的人都摸不清楚我还怎么混？”

表白完的第二天我叫老周起床去上英语课，老周捂着被子说干吗要去上课，我说你好歹也要去教室看看你的表白成功了没有呀。

当我把老周拖到教室的时候，林欣居然在教室的第一排早早地为老周占好了座位，看见老周时挪开书本羞涩地对老周说：“你坐这里。”老周坐下来后依旧趴在桌子上睡觉，而林欣居然毫无怨言地帮他抄英语笔记。老周在我眼里突然神化了，我心想：这样都行？我也沾了老周的光，从最后一排坐到了第一排，重要的是我身边坐的是白薇。

后来，老周的音乐创作一发不可收拾。他说他想开创一个吉他社，并给吉他社取了一个名字，叫微草。他说我们都是生活在这个大时代下的一株微微的小草。我问老周：“你是不是哲学家，潜伏在我们学校是为了体验生活？”老周说：“你说呢？”

吉他社申请下来后，老周做了吉他社的社长，林欣就做副社长，在学校各个广告位帮老周贴社团的招新启示。而白薇去自习室，我就跟着她去自习室；白薇去考英语四级，我就跟着她去考四级；白薇去考英语六级，我就跟着她去考六级。

3

有一天白薇在自习室很小声地问我：“你为什么总是跟着我？”我很老实地说：“我就想一辈子跟着你。”许是我老实的声音太大，迎来了许多同学异样的眼光，白薇摔了书本大步走出自习室，气恼地说：“那我现在要去厕所，你要不要跟着？”

我曾经向老周讨教过泡妞的方法，在替老周补考了两次英语后，老周告诉了我一个很老套的追女生的三字诀：不要放，不要脸，不要命。

我知道我不要脸的时刻到了。我没有丝毫犹豫地随着白薇的裙角冲进教学楼的女生厕所，好在是上课时间，厕所里没有其他人。白薇死死关着厕所门对我说：“你快走呀，要是叫别人看见，你还想不想念书了？”

我没有丝毫要走的意思，凑到厕所门前说：“为了你我命都不要了，还念什么书。”白薇说：“你真是个流氓。”我说：“我愿意做一个很爱你的流氓。”过了好久白薇才喏喏地说：“你先走……我，我答应你就是了。”

白薇成为我女朋友那天，老周把他的吉他社布置成为一个舞会，鲜花和气球挂满了整个墙壁，温馨浪漫的歌声随着绚丽的灯光在空中不停地缭绕。我说：“你这是给我准备新房吗？”老周笑着对我和白薇说：“追上白薇可不容易，虽然你小子是用了那么猥琐的方法，但好歹也是得了我的真传，当然值得庆祝。”

在舞会上，老周出奇地没有演唱他那首经典歌曲，只是弹了弹吉他。灯光打在老周的头上，在一片黑暗中我看不见林欣和白薇的表情，只是觉得要是老周不唱歌，只弹弹吉他还挺好听的。

有的时候时间过得很慢，你一觉醒来依旧是白天。有的时候时间又过得太快，你一回头以前的那些日子全都不见了。毕业的前一天晚上，我和老周在他的微草吉他社里喝了好多酒，老周把他自己写的微草吉他社的牌子摘了下来，用块黑布紧紧地裹着。

我说：“怎么，不打算把吉他社再传下去？”老周说：“不了，我打算留给我自己。”我说：“那林欣呢，她也同意你把吉他社解散吗？毕竟你们花了那么多的心血。”老周说：“她随我。”

老周沉默了一会儿突然对我说：“N年以后，我们的故事都会改变，连我们自己都不知道，是谁在篡改。”我问老周：“什么意思？”老周带着深邃的笑意说：“没什么，毕业之前再在你面前装一次哲学家，好让你把我记得更加深刻一些。”

我拍了拍他的肩膀说：“放心吧，我不会忘记你的。”老周的笑好似变得很欣慰，说：“那就好，那今晚我就不回来了，我要和林欣出去。”

我看着在吉他社楼下一直等着老周的林欣，她已经不是以前的模样。今天她刻意打扮了一下，期盼的眼神在一袭白裙和披肩长发的映衬下变得清澈如水。我想老周是幸福的，如同我牵着白薇的手时那样幸福。

4

毕业以后我依旧留在北京，老周则回到南京接手他父亲的书店，后来我听说他死心不改把书店改成了酒吧，重新操起了吉他。

我跟白薇在北京结婚的时候给他打电话，电话中有低迷的音乐传过来，他好像喝了很多酒，含含糊糊地说，最近有好多事，走不开。我问那林欣呢，他说他也不知道，而后就匆匆忙忙挂了电话。

我并没有再次拨过去，我想我们可能都有了自己的生活，毕业后太多的世事变迁正在增加我们之间的距离。在婚礼上，我又向很多老同学打听老周和林欣，他们都说不清楚。婚礼后没几天我和白薇收到了老周和林欣寄过来的份子钱，老周的是一千三百一十四，林欣的是一千一百一十一。

我没有想到的是，再次遇到林欣是在北京东城区的民政局，奥运会那一年，我和白薇离婚。

林欣问我们："真的想好了吗？毕竟过了这么些年了。"白薇说："想好了。"我看着林欣依旧清澈的眼眸也说："想好了。"

白薇拿着离婚证走了以后，我问林欣："老周呢？"

林欣说："自从毕业以后我再没有见到他，毕业那天晚上，我们之间什么也没发生，他说我是一个好女孩，为他这样的人并不值得。我说我要跟他一起去南京，他说连他自己都不知道自己的方向在哪里。他走的时候把那个吉他社的牌子送给了我，他说这是一件对他很重要的东西，留在我这他安心。后来我就考了公务员，一直待在这里。"

林欣顿了顿又说："你说这样，是有些可笑吧。"我说："老周，他到底是怎么想的？"

林欣问我："你和白薇怎么就走到这一步了呢？"我狠狠抽了一口烟说："白薇说这不是她想要的生活，我说那我把这些年的所有存款都给你，你就留在我身边好不好。白薇说她要的东西我永远不懂，就算是我一直跟在她身边也不会懂。"

我顿了顿又说："后来她搬到她的公司住，即使两个人见了面也不再说话，我知道我再也留不住她，最后还是把所有的存款都给了她，对她说，那我们离婚吧。”

林欣走过来轻轻地抱着我，对我说：“你说，我们是不是这个世界上最傻的人，就算自己不幸福，也要看着别人幸福？”我说：“世界上的人那么多，或许我们不幸福，别人就幸福了。”

在我走的时候，林欣把那个依旧用黑布包裹着的吉他社牌子给了我。她对我说：“要是你以后遇到了老周，把这个给他，就对他说，最重要的东西就要留在自己身边。”我用手指擦了擦林欣的眼泪笑了笑说：“好。”

回到家里我才觉得原本充实的一切变得无比空荡，或许这些本就是一场虚假繁荣，过去了就再也不会回来。白薇在我和她的结婚照上贴了一个字条，上面写着：谢谢你。我把结婚照从卧室的墙上摘下来，也学老周用一块黑布包裹着。

半年前我要去南京出差，突然想起林欣的话，就给老周打了一个电话，漫长的铃音之后电话接通，老周说那我去接你。在机场等我的老周远不是当初上大学的模样，他留了些胡子，一身笔直修身的西服，显得更加成熟稳重，他显然过得很好。我说：“这么多年不见，差点没认出来你。”他哈哈一笑。

老周现在的酒吧远远不是以前的吉他社可以比拟的，舞池宽大，吧台上摆着各种酒类，显得非常奢华。白天的酒吧没有几个人，我和老周就坐在吧台一边喝酒一边聊以前的那些荒诞往事。

我对老周说：“我遇到林欣了，她叫我把这个牌子给你，她说最重要的东西就要留在身边。”老周用手抚去牌子上的灰尘，然后吩咐服务生把牌子挂在酒吧墙壁最醒目的地方，猛喝了一口，对我说：“林欣，是我对不起她，她现在还好吧？”我没有问老周当初为什么不带走林欣，只是说：“挺好的。”

原本回忆往事的畅快气氛突然变得凝重起来，我和老周许久没有说话，让醉意肆意蔓延。

老周说要给我唱一首歌，依旧是那首“天空很蓝，白云很淡”。我说：“都这么多年过去了，我早叫你把歌词改一改，你怎么还没改，太难听了。”老周只是笑了笑，没有说话。

我走的时候老周送我到机场，在我快要登机的时候老周说：“我结婚了。”我说：“这么大的事你怎么没告诉我。”他说：“你结婚的时候我都没去，我怎么好意思告诉你，况且那时你心情也不大好。”

我说：“老周，你把你最重要的东西都留在自己身边了吗？”

老周回答说：“嗯，我很幸福。”

5

我回到北京时，城市上空的雾霾又重了起来，刺激着所有感官。我伸手想在这浓浓的雾气中找些什么，却什么都没找到。有的时候你以为你抓住了一切，等你再次摊开手时，多数东西早已随风飘走，而留下的慢慢变成掌纹，只能埋葬在你的心里。这么多年过去了，我到底留下了什么？我突然想听听当时我说了些什么。

我重重地按下播放键，收音机里的声音再次响了起来。

这次我听清楚了，是白薇的声音：周晨，你知不知道，就算你不看我，就算你不等我，就算我以后的生活里没有你，就算时间再过N年，我依旧相信会有一天我能大声地对你说，我喜欢的是你，从你唱的那首歌开始。

我突然想起老周那不像歌词的歌词：我想我总会遇到你，哪怕时光此去又过N年，但总有一天，天空很蓝，白云很淡，而你又恰好在我身边。

（作者／姚永涛）

幸福像花儿一样

1

时间刚刚好，我睁开眼睛的那一刻下课铃声也响了起来。我伸了伸懒腰，顺便打了个哈欠，英语老师高跟鞋的“嗒嗒”声就临近了。我立马装作翻书的样子埋下头，我以为她会像以前一样敲我的脑袋，说：“昨晚做贼去了啊？”她却目不斜视地从我身旁的后门走了出去，好像我是空气。

我起身推了推和我同样坐在最后一排的“睡友”L，“下课啦，起来了，陪我一起去厕所。”L有些不悦地睁开眼睛，嘟囔：“找死啊，打扰大爷睡觉！”但还是起身陪我一起向厕所走去。

上完厕所后，我用冷水洗了洗脸，感觉清醒多了。回到教室后L继续埋头睡觉，我却没有半点睡意，反而有一种莫名的难过，尤其是看到墙上的高考倒计时数字。

舒诺诺拿着一叠作业本走了过来，在我桌子上拍了几下，对我说：“英语作业！”我低头翻了翻抽屉，“没有做，马上哈！”我打开练习册，在选择题部分随便填了几个ABCD，到作文题的时候我不会了，就对她笑嘻嘻地说：“这个不会。”

她白了我一眼，拿过我手里的作业本。我以为她会走，没想到她又把手摊开，“数学作业呢？还有物理和化学？”

我有些不耐烦，对方是个女生，还是我的“顶头上司”——组长，我只好忍着，希望她能理解我的沉默。但舒诺诺依旧无动于衷地催我：“作业，作业，快点交作业。”

我很生气：“催什么催！老师都不找我要作业你找我要什么作业！”

我的声音很大，周围的人都停止了手里的动作，女生皱着眉头看着我，男生则一脸鄙视。L也抬起头，看看我，表情没有任何变化。他理解我，我们是一类人，我们有周围人都不理解的苦衷，谁天生就想做差生做“睡神”呢？

舒诺诺哀怨地看着我，我避开她的眼神，没勇气直面那种眼光，那让我觉得自己是个废物。虽然低着头，但我感觉到舒诺诺的眼睛里噙满了泪水。

舒诺诺的一个闺密走过来把她拉了过去，说：“老师都不管的人你在乎他做什么呢！”舒诺诺没有说话，过了一会儿我听到了哭声，虽然很小很小，那个声音异常委屈地说：“我只是收作业而已，他干什么那么凶？”

2

那天直到放学我心里都很忐忑，觉得自己做了一件很不男人的事情。舒诺诺一直安静地坐在座位上看书复习，我不止一次想走过去和她道歉，但不知道怎的总是提不起勇气向她开口。

L见我上课不再睡觉，就问我：“你不是不想考大学吗？”

我想了想说："其实我也不知道我到底是怎么想的。只是，我不想再睡觉了。"

我是真的不知道该如何面对即将到来的高考，我只是觉得再继续睡下去没有意思，况且我也无法再睡得心安理得，因为只要我一闭上眼睛，满脑子就是舒诺诺那哀怨的眼神。

我开始认真做老师布置的各科作业，第二天主动把作业交给前排的同学传到坐在更前排的舒诺诺手上。我偷瞄舒诺诺拿到我作业时的表情，结果让我很失望，她只是看了作业本封皮上的名字一眼就把它放到其他作业本上了，然后继续做题。

我有了无尽的动力，我开始明白英语老师曾经对我说过的话："不要担心最后的考试结果是否理想，只要你拼尽全力，就会无怨无悔没有遗憾。"

时光匆忙、义无反顾地向前走，我也不知不觉加入了备考的行列，我开始憧憬我未来的大学，那应该是所怎样的大学呢？我会遇到一些什么样的人呢？想到不久的将来我要和同窗三年的同学们分开了，心情瞬间就开始难过。我的眼睛又投向了舒诺诺，她依旧那么刻苦。心里一个声音在问我："你要拖到什么时候才向她道歉呢？为什么你就没有勇气呢？"

这天，L 抬起头对我说："我爸要把我送到美国去，下周就走。"我愣在那里，半天没反应过来，他埋头继续趴着睡觉。我这才发现，他已经睡了差不多一年，高三马上结束了，他才是当之无愧的"睡神"，把整个高三都"睡"了。

而我依旧没有鼓起勇气向舒诺诺道歉。我发现有些事情时间越久就越没有勇气面对，而你又无法完全释怀，反而它在心里占领的地方越来越大。

离高考的日子还有一周的时候，老师通知我们说摄影师到了，可以下去拍毕业照了。我因为和一道总是做错的数学题死磕最后一个走出教室。走到门外的时候我朝楼下看了一下，发现了正在和闺密说话的舒诺诺。她穿着连衣裙校服，马尾辫扎得很高，随着脑袋的摆动一甩一甩的，异常好看。

我不知哪来的勇气，双手做成喇叭状朝她大喊道："舒诺诺，对不起！"

所有人都听到了我的声音，他们看看我，又看向舒诺诺。舒诺诺怔了怔，双手也做成喇叭状冲我笑着喊道："你说什么？我没有听见！下来说吧！"还冲我招了招手。

舒诺诺笑了。那笑容很美，真的。多年以后我都还时不时地想起她的笑容，只是我始终找不到词语来形容它。

3

高考结束以后，舒诺诺去了美国的一位亲戚家玩。我发了疯似的找她的联系方式，最后好不容易加到了她的 QQ 却不知道说什么。

舒诺诺说："原来是你啊，找我有什么事吗？"

我说："呵呵，没什么，只是想和你问好。"那时候"呵呵"还没有被赋予鄙视和不屑的意思，属于正常表达笑意的词语。

舒诺诺说："我挺好的，现在正在华盛顿，打算过几天去参观白宫。你的假期怎么过的？"

舒诺诺的回答让我有些自卑，我心想我们之间的距离还真是不小啊。我挺不好意思地说："没做什么，瞎玩儿，看看书和一些曾一直想看却没有时间看的电影和动漫。”

舒诺诺说：“我现在有点事，要出去一趟，再见啊。”

我赶紧拉住她：“我可以问你一个问题吗？”

舒诺诺说：“你说。”

我又忐忑又紧张地敲出了心里的疑问：“你会在美国读大学吗？”

舒诺诺说：“怎么会，我只是来这边玩，大学还是会回来上的，不要担心。”

那晚，我心里美了一晚上。

4

在大学安顿好后，我在 QQ 上问舒诺诺是否已经回国。舒诺诺给我发来一段语音，我居然有些不知所措，不知该怎么点开这段语音。我像找到宝藏的人一样拿着手机跑到一个没有人的角落，悄悄地点开语音。舒诺诺用十分悦耳的声音说：“我早就回国啦，现在已经在学校啦。”

我问：“哇，什么时候回来的啊？你在哪个学校？”

舒诺诺说：“我在北京，清华大学。”

她也在北京！我拿着手机高兴得跳了起来，这神经质的举动甚至惊动了窝在旁边一棵树上睡懒觉的野猫。

我装作淡定的样子回复她说：“哇！我们都在北京呢，我在北外，咱们离得很近啊。”

舒诺诺显得特别惊讶：“啊？你居然在北外……我的意思是，真看不出来你这么厉害。”

我在心里想：“还不是因为你，要不然我指不定在哪个三流专科学校窝着呢。”

舒诺诺说：“好啦，今天就到这儿吧，我要去搬东西啦，改天有时间一起玩儿啊。”

和舒诺诺说了再见后，我抬起头看天上的蓝天和白云，在心里想：“青春啊，世界啊，真美好。”

5

我是很期待和舒诺诺见一面的，但这次见面和之前不一样。我们的关系是曾经的高中同学，虽然距离上次见面只有几个月，时间很短，但我们的青春都发生了质的变化，很多东西都发生了改变。我还没有做好准备，我不知道我应该以什么样的姿态甚至身份出现在她的面前。

在我犹豫不决的时候，舒诺诺主动找我了。那个周六，她给我打电话，说想来我们学校转转。我惊得手机都没有拿稳，差点掉在地上，但还是装作平淡的样子说：“好啊，什么时候来？”舒诺诺说：“下午三点吧，你说个地方，我们在那里集合。”我说：“在学校正门口，到了你和我说，我去找你。”

挂了电话后我又紧张又兴奋，但更多的是不知所措。舒诺诺来得那么仓促，我连穿什么衣服和鞋子去见她都没有想好。

在室友的帮助和建议下，我穿了件白色的格子衬衫和一条牛仔裤，再配了一双简单大方的帆布鞋。我还去借了一辆单车，打算带着舒诺诺在学校里转，这样就不会走得累了。

一切都准备妥当后，我推着单车早早地到校门口等着舒诺诺的到来。我一直在左顾右盼，内心焦躁，不知等了多久，舒诺诺的电话打了过来。

她说："你在哪儿啊，我到你们学校门口了……那个推单车的是你吗？我在你背后。"

我转过身，看到了舒诺诺。

她真美丽。

她戴着棕色的遮阳帽，长发披在身后，上半身套着一件白色的开衫，下半身穿一条齐脚踝的半身长裙，脚上是一双白色的帆布鞋。她冲我笑着，说道："哈，想不到你打扮下还是蛮帅的。"我不好意思地脸红了，说："哪有，倒是你越来越漂亮了。"

舒诺诺大方自然地坐到了单车后座上，我骑着车子带着她在学校里到处转。每到一个地方我都会告诉她这是哪儿，她很认真地听着，不时发出"真漂亮""真有意思"的呼声。

我骑得很慢，我怕骑得太快，会晃得舒诺诺不舒服。内心还有一个念头，希望她能搂住我的腰，最好还靠到我的背上。但舒诺诺自始至终没有碰过我的后背，她一直抓着车座下边。

我们走走停停骑了两个多小时，差不多都逛完以后我对舒诺诺说："我带你去吃东西吧？"舒诺诺说："好啊！"

我带舒诺诺去了一家早就订好的饭店，这家店环境优美，物美价廉。这样做的目的是想给她留下我做事细致又不铺张的好印象。

我们准备点菜的时候，舒诺诺接了一个电话。我在一旁听着，心里慢慢地变得失落又难过。

挂了电话后，舒诺诺对我说："不好意思，我可能没法和你一起吃饭了。我男朋友一会儿来接我，说要带我去参加他们家今天的晚宴。”

我强忍住内心的悲痛，微笑着说：“好啊，我们走吧。”

我和舒诺诺站在饭店门口等着她的男朋友来接她。她站在我旁边，看着来来去去的车辆，不说话。我也不知道说什么，于是沉默着。

我心里生出一种感觉，这可能会是我和她最后一次见面了。

6

舒诺诺的男朋友来了，是一个美国人，洒脱，大方。他很郑重地和我握手，用流利的中文和我问好，进行简单的交流。然后，他很绅士地拉开车门，舒诺诺优雅地坐了进去。

望着车子离去的身影，我长叹一声，抬头望着被城市的霓虹点缀着的夜空，突然有流泪的冲动。

我骑着单车往学校走去。一路上，内心安静无比，脑海里一直晃动着舒诺诺的影子。最开始的时候，我还有些难过，慢慢的，难过和悲伤里，掺杂了更多的开心和祝福。替舒诺诺，我喜欢的好姑娘。

不管未来会怎样，我都会记得，在我的心里，深藏过一个姑娘。她那么美丽，那么善良，让我在颓废迷茫之时有动力有激情面对未知的一切。

一定要幸福啊，我亲爱的好姑娘。

（作者 / 章令阳）

铁轨上摇晃

1

十六岁那年我第一次坐上火车，为的是去参加一个比赛。那是一辆绿皮火车，车窗可以打开，列车一路向东，冬天的风从窗户里灌了进来，刮在我的脸上。太阳在我的正前方升起，它升起的那个地方就是我要去的城市。

两年后我再次从四川出发，依然是去往上海。不同的是再没有姑娘会在我出发的地方等我，所以我再也没有回去过。

姑娘叫 H，我写的所有故事里面的姑娘都叫 H。

那一年 H 说："你参加这个比赛吧？"我说："我参加了，进复赛了。"H 说："你去上海吧，我等你回来。"

H 在出站口等着我。我说："我从来没有拉过你的手，今天让我拉一下好吗？"

H 伸出了手。

我说："我能抱你一下吗？"H 想了一会儿，点了点头。

我想，我要是拿到了更好的奖项，也许就敢说出心中所想了。

那时候 H 还不是我的女朋友，后来也不是，只不过在我写的乱七八糟的东西里面，我自作主张地让她答应了我。现实的她和纸上的她早就已经模糊了，我分不清哪些是真实哪些是我的幻想。在我还没有写她的那些年，我们总在一起看书，我看村上，她看三毛，我看余华，她看张爱玲。然后我们就毕业了。

用网络上的一句话总结就是：然后，就没有然后了。

2

高中毕业我选了一所专科学校，在上海。起初的一个月我老老实实地上课睡觉，其他时候找人说说话。和我说话的姑娘姓马，我叫她小马。这让我想起了小马过河的故事，就是我们小学课本上那匹犹豫不决拿不定主意的小马。

我们聊的话题是H，在一个姑娘面前聊另一个姑娘或许不太好，但小马的口头禅是“咱们是好哥们儿嘛”。这样大概就没有什么不妥了。有一天，关于H的话题我说厌了。我说：“我想到处去走走，闷在这个地方快闷死了。”

小马说：“去呗，回来的时候给我发个短信就可以了，我去接你。”

隔天我就去了苏州，然后在苏州住了大半个月，住在平江路上的青年旅社。旅社附近有一家概念书店，生意非常好，我拿一本书，就可以在这里坐上半天。晚上我会给小马打一个电话，话题东拉西扯，风马牛不相及，挂掉电话，找地方吃饭，然后在街上走走。

街上人很少之后，我就回青年旅社。房间不大，环境还好。这时候我会写一些故事。

半个月后我回上海，小马来接我，她伸手给我一个拥抱。我们坐在地铁上，穿越夜上海，彼此寒暄。

那时候有个男生正在追小马，是她的老乡，在便利店工作。小马让他申请把工作调成夜班，方便白天的时候替我上课。那个男生因为可以和小马一起上课，并且上课的时候还可以睡觉，就答应了。我只需要交好学费，然后去考试。考试前小马会好好帮我复习一阵子，她说我脑子灵活，一学就会。

每次我在学校住几天，然后就出发去别的城市。每次回到上海，小马都提前到车站接我，我们拥抱，玩笑。

旅行的花销，一部分是我旅行时写的廉价文字换来，一部分要靠兼职。小马无数次表示可以借钱给我，但我没有答应，欠了人情总是不好的。很久以后我才明白，我早已经欠了太多。

3

列车一路晃荡，像湖水起了波澜。每到一个站，都有那么多旅客涌出车门，消失在茫茫人海中。他们中的极少数将会寻找到那个唯一的希望，成为这个社会和时代的宠儿。

我大概不会是那个幸运者了。

我把我想到的告诉 Amy，她说：“你真是个大坏蛋。”

天地良心，我哪坏了？

我们见面是在上海。那时候她来上海找工作，而我正好在上海停留。列车呼啸的声音过后，她跟着人群走出来，拖着行李箱拎着零食袋背着电脑包。

时值盛夏傍晚，海风刮过上海南站，灌进横七竖八的地道里。

Amy 放开行李，然后抱着我，一缕头发盖在我的脖子上缓缓摩挲。

我的初吻就这么没了。

我问她要如何对我负责，她说，这只是西式礼节罢了。

我们乘上地铁去往南京路，车厢里沉闷的空气和轻微的摇晃总是让我胃里翻涌不止。Amy 看我一脸难受，再次拥我入怀。一切好像静止了。

我们到达南京路正好是在人最多的时候，密密匝匝的行人拎着各种袋子从我们身边涌过，游览车发出清脆的铃声。

她的手握住我的手，穿行在人群中。她说："这就是南京路啊，和想象中的不一样嘛。"我问："那你想象中是什么样子呢？"

她说："不告诉你。"

她停在地下商场门口，我转回头，然后和她一起走了进去。我说："这里是卖纪念品的地方，和城隍庙那边差不多，东西都蛮有创意的，就是有点贵。"

Amy 把注意力放在了各种各样的小玩意儿上，松开了我的手。她摆弄着一些木偶，我则去旁边看鼠标垫。

Amy 走过来拍了拍我的肩膀，我抬头假装仔细端详她，然后抽出一张垫子递给她。她看了看，笑骂道："你怎么这么坏啊？"

垫子上是减肥人士自虐的句子，例如"再吃就是胖死的猪""再不减肥就等着被送到屠宰场去"之类。

其实Amy并不胖，顶多有一点婴儿肥，衬上她接近一米七的身高根本看不出来。她的曲线裹在紧紧的牛仔裤和紧身衣里面，也算挺苗条的。

我一时看得出了神。她问我是不是不舒服。我说不是啊，你看那个。我指给她看一只布偶，是愤怒的小鸟，嘴尖下弯，眼皮上翻，眼珠死死瞪着Amy。

Amy一看就笑了。我从鼠标垫里抽出另外一张递给她。她依然笑骂道："你怎么这么坏啊，坏死了你。"

鼠标垫上写着：每当小鸟因为失败而愤怒的时候，总有一只猪在笑。

然后我们走到外滩，沿着黄浦江逆风走。万国建筑群在灯光中雍容华贵，大钟楼每十五分钟敲响一次，对面的东方明珠灯火通明，陆家嘴的高层建筑们争奇斗艳。Amy说："可惜了，黄浦江这么脏，真煞风景。"

我说："你远远看那些建筑还好，你要是走进去，一样煞风景的。"

她问："你好像不是很喜欢？"

我说："可能是吧。你看这些大酒店，我都去过，给人端盘倒酒洗碗或者布置会场什么的，都做过。我连续工作过十五个小时，稍微有一点空的时候，我就像条狗一样倒在地上就睡，也不管脏不脏，有时手泡在水里面十多个小时。你知道在水里面泡这么久是个什么样子吗？皮肤全都皱起来了，白得就像泡椒凤爪，轻轻一碰就会掉一块肉……"

Amy停下脚步，抓住我一只手，然后脸贴上来吻我。

周围的一切好像都消失掉了。

我说："这可不是见面礼节了。"她呵呵笑着，不回答我。

天色渐晚，我带她回学校，在小吃街吃饱喝足，然后打电话给小马。一会儿小马就在图书馆找到了我们，Amy 迎上去给小马一个拥抱，我担心她要是给小马一个吻估计会吓到小马的，幸好她没有。

我说："那你今晚就和小马挤一下吧，我明天再带你去找短租房。"

Amy 说："好啊，我随便的。"

走出图书馆，路上只有几盏灯，灯光从另一头照过来，将铁丝网的阴影投在我们身上。我们身下的影子，变长了又变短，变浓了又变淡。

4

一夜无梦，天亮醒来，有最早一堂课的人正在匆忙赶往教室，清洁工不急不忙地扫着垃圾。我到处转悠，没过一会儿，Amy 打来电话。我们在校门口碰头，然后出发。

路上她突然说："不用找短租房了，我看了下上海的情况，工作不好找，生活压力还这么大。"

我侧身看着她，她接着说："你今天再陪我玩儿一天吧，晚上我就坐车去长沙了。"我说："你决定了？"她点了点头。

我问："那我们上哪儿玩？"她说："你决定吧！"

我想了想，让她站在原地等我。过了一会儿，我骑着单车到她身边，示意她上车。我载着她穿街过巷，说着笑话，玩玩闹闹。她侧坐着，右手环在我腰上，笑的时候，我能从她手上感觉到她的震颤。

骑了大概一个小时，我停下车。Amy 问："这是什么地方啊？"

我说："19 叁Ⅲ，老场坊，一个艺术中心。"我们走进去，迷宫一般的建筑层层叠叠。我说："这以前是一个工厂，后来不知道怎么回事儿就成了艺术中心。"

我们沿着纵横交错的走廊闲逛，钻进洞穴一般的楼梯，拾级而上。到最顶层，我们站在天台边沿往下看，一边是高层建筑，另一边是还没拆迁的旧弄老巷。我牵着 Amy 的手沿着围栏走，不远的地方传来列车行驶的声音。我忽然想起《太阳照常升起》里面那个在树上和火车上大喊的女人。

"阿辽沙，别害怕，火车在上面停下啦，他一笑天就亮啦。"

我也很想大喊，却只说了两个笑话。她笑着说："你实在是太坏了。"

我想起和 Amy 认识的时候。那时候她大四，正在一家我曾发表过文章的杂志社实习，接一个刚跳槽的编辑的班。她和我联系的时候说："老师，您好，我是新来的，以后请多多关照。"

我说："小姑娘啊，老师脾气可能不太好，你可不能和我生气啊。"

于是她和我说话特别客气，总是老师老师地叫着。后来她知道我这个老师比她还要小两岁。她说："你是坏人！"

从此之后，我的身份就从老师变成了坏人。

5

等我回过神来，她已经买好了票。她说："那我进站了。"我说："好啊。"她说："不要太想我哦。"我说："不会。"她说："之前都是我吻你，这次该换你吻我了吧。"

于是我以其人之道还治其人之身。她说："我该走了。"我说："再见。"

然后我突然莫名其妙地在候车室里大喊起来："阿辽沙，别害怕，火车在上面停下啦，他一笑天就亮啦！"

她回头冲我笑笑。我也笑笑，然后转身走了。

周围的人恐怕都认为我是一个疯子。也许他们想得没错。

我在大街上闲荡，Amy发来一条短信："好好珍惜她吧。"我正在想这个"她"是谁的时候，小马打来电话，她说："你回学校吧，今天是我生日，我请客吃饭。"

所谓的请客，实际上只有我们两个人。我把在南京旅行时带回来的一块雨花石送给她做生日礼物，这时才想起来Amy来上海我竟然什么也没有送给她。

一顿饭吃得很闷。吃完饭，她说："我们到处去走走吧。"我说："上哪儿啊，整个上海都被我们走过一遍了。"

以前小马去车站接了我，第二天就逃课陪我满上海乱逛，她拿不定主意，就用抽签的办法。我陪Amy去的地方，都是小马带我去过的。

小马说："咱们不去哪儿，就随便走走。"

走过一路灯红酒绿，小马说："你不能再这样下去了。"然后她开始劝我。

但是我心里在想的，始终是Amy短信里说的那个"她"。

我知道小马肯定和Amy说过什么，“她”也许是小马，也许是真假难辨的H。我在犹豫要不要问小马，她说：“你到底有没有在听我说话？”

然后她就扭头走了。我看着她的背影，竟然也想在大街上大喊，然而第一个字刚出口一半，就硬生生变成了一个喷嚏。

第二天，我又坐上火车，目的地未知。

Amy再也没有和我联系过，我想也许是她工作太忙。每次回到上海，小马依然来接我。课堂上我的名字依然有人帮我答“到”，到考试的时候卷子上的题我依然会做。

生活并没有什么不同。

列车行驶在纵横交错的铁轨上，列车上的行人从此地赶往彼地，从自己的起点去往别人的起点。我在列车上想很多问题，它们都没有答案。

我坐过很多列车，去过很多地方，做过很多事，见过很多人，有的人我爱过，有的人爱过我。但是谁也没有留在谁的生命里，姑娘们都有了自己的归宿。

6

我就这么糊里糊涂地毕业了。毕业旅行是去长沙，小马要求的，她和她的男朋友一起。一路上他们俩在向我倾诉烦恼，小马说：“好烦人啊，又要找工作又要对付我妈。”

我说：“你妈怎么了？”

小马说：“我妈催着我赶紧结婚啊，说再不结婚怕被剩下来，说现在好的男人比房子都抢手。”

我说：“你这旁边不是有一个现成的吗？”

小马说："我妈说没有房子的男人不准嫁。"

过了一会儿，小马说："你还记得 Amy 吧？"

我说我当然记得啊。小马说："其实是她让我带你去的，她怕她直接跟你说会尴尬。"

我说："这怎么会尴尬呢？"

小马说："她让我带你去参加她的婚礼。"

我看着小马，迟迟没有说话。最后我说："那我得去看看新郎是个什么样的人，配不配得上这么好的姑娘。"

铃声响起来，是一个在我手机里躺了几年却从来没有联系过的号码。我拿着手机挤到车厢尾部的吸烟室，然后按键接听，电话里 H 的声音说："嘿，老同学，还记得我吗？"她的声音就好像很久以前那样，从未发生过改变。

我的心跳就像列车一样突然加速了。我在大脑里搜集词汇，可是最终只说出了一句："当然记得，从来没有忘记过。"

她还在说什么，我已经听不见了。我又想起好多事情，想起很多以往在列车上做梦都会想起来的点点滴滴。我仿佛看见 H 的脸，和那时候一样开心地笑着。

H 说："你能听到我在说什么吗？你那边好吵啊，你在做什么？"

我透过吸烟室的窗户看到旁边的铁轨，看到铁路边一闪即逝的树，看到密林和山坡，看到地平线，看到天空。

我说："我在铁轨上摇晃呢。"

（作者／封尘）